KB207268

우리 같은 방

우리 같은 방

둘이서 2

서윤후 최다정

열린책들

차례

프롤로그
우리를 닮은 방

혼자의 방에서 시간을 보내며 쌓은 감정, 읽고 쓴 책, 지어 먹은 밥 들이 모여 지금과 같은 모양의 나에게로 도착했다. 만약 내가 다른 주소의 방에 살았더라면 지금 나는 다른 표정과 말투로 이야기하는 사람이 됐을 것이다. 스무 살 이후로 혼자 옮겨 다닌 방들은 시절마다의 언어였다. 단 하루를 묵었든 몇 년을 살았든, 지금까지 머물렀던 각양각색의 방들은 모두 나름의 문장으로 각인되어 삶의 서사에 일부분 기여했다. 한동안 내 집이라고 불렀던 주소로 다시 더듬어 찾아가면 금세 그 방문을 열고 그 시절로 입장하게 된다. 떠올려 내자마자 너무 많은 겹겹의 장면이 여러 감각을 자극하며 한꺼번에 되살아나서, 〈방〉이라는 명제로 이야기를 쓰는 동안 자주 고개를 흔들어 아득함을 떨쳐 내야 했다.

이 방의 계약이 끝나면 저 방을 계약해 이사하는 주기는 대체로 일정했기에, 방을 이사하는 시점이 곧 생을 호흡하는 리듬에 파동을 일으키는 변곡점이 되었다. 잠깐 방에 풀어 두었던 짐을 정리해 빼고 나면 일순간 방은 과거로 물러나 버렸다. 그렇게 과거에 덩그러니 남겨 두고 떠나온 방 중에는 문을 잘 닫고 오지 못한 방도 있는 것 같았다. 과거의 방을 떠올리며 애달파지고 싶지 않은데 방은 곧 생활의 모양새 그 자체이기에 어쩔 수 없이 구차한 조각들을 떨쳐 버릴 수가 없다. 모퉁이에 웅크리고 숨어 있는 구차함을 들추어내 잘 위로해 주지 않으면 그 모난 마음은 나에게서 영영 떠나가지 않으리란 걸 알게 되었다. 이것이 방에 관한 글을 써보기로 결심하게 된 결정적 이유이다.

혼자의 방에서 겪었던 기분을 제일 정확한 언어로 읽어 줄 듯한 사람, 나랑 같은 언어로 과거를 말하는 사람. 그런 윤후와 함께 우리가 각자 지나왔지만 그래도 왠지 다 알 것만 같은 방에 대한 이야기를 쓰면서, 내가 살았던 방들의 문을 전부 다시 열어 보았고 이제야 방마다 제대로 문을 닫고 나온 느낌이다. 피하고 싶어서 대충 포장지로 덮어 가려 두었던 과거를 끄집어내는 데에는 커다란 용기가 필요하다.

마주한 과거의 나도 결국 지금의 나와 얼핏 모양만 다르지 똑같은 알맹이의 고민을 절절히 했을 게 뻔하기 때문이다. 그 사실을 적나라하게 깨닫는 건 몹시 부끄럽고 비참한 일이다. 하지만 비슷하게 혼자였던 윤후도 나랑 닮은 마음이리란 생각에 기대어서 덜 외롭게 글을 썼다. 윤후와 나의 방이 그랬던 것처럼, 누군가의 방들 역시 우리의 방과 닮은 얼굴로 울고 웃으리라 생각한다.

이 시절의 내가 싫어서 다른 시절을 기대하며 새로운 방으로 이사해 버려도, 또 나는 지난 나처럼 방을 꾸미고 살게 될 테다. 나를 점점 닮아 가는 방에서 더 큰 소리로 우는 날도 있겠지만. 그러다 눈물이 마른 어느 날엔 동트지 않은 새벽에 일어나 스트레칭하고 커피를 내린 뒤 오늘의 음악을 선곡해 두고선 책상 앞에 앉아, 천천히 방의 둘레를 보듬으며 행복해할 것이다. 살아온 시절의 우리를 닮은 방에서 우리는 제일 안전한 사람이 될 수 있다. 방에 대한 이야기를 소환해 쓰면서 이 확실한 마음 하나를 건져 올리게 되어 다행이다.

2025년 5월
최다정

1

우리의 방

내 방 사용 설명서

월마다 정해진 날짜에 값을 치르면 최대 2년간은 내 방이라 부를 수 있는 보금자리가 생겼다. 혼자인 도시에서 세(貰)를 내고 잠시 빌린 방들을 전전해 오며 여태껏 나를 무사히 지켰다. 들어갈 때보다 한 뼘이라도 더 자란 모습으로 나올 때면, 어느새 방은 지나온 시절의 대명사가 되어 있었다. 얼마 전에도 이사를 했다. 또 한 마디 시절의 문을 닫고 월셋집을 떠나면서 눈에 밟혀 자꾸 돌아보았던 건 책을 읽고 글을 썼던 나의 공부방이다. 작은 옷방, 부엌, 화장실이 딸린 집에서 사는 동안 이 공부방에 제일 깊은 자국을 남겼다. 언젠가 마침내 떠나게 될 방이란 걸 늘 염두에 두고 살았지만, 이 방이 영원히 내 방이길 바란 적이 많았다. 여러 낮과 밤의 나를 안아 주고 덮어 주었던 고마운 방과 헤어지며, 이 공간의 새로운 세입자에게 내 방이었던 방을 살뜰히 사용하는 비법을 남겨 둔다.

책상의 자리로는 창문 곁이 제격이다

조선 시대 문인 이덕무(李德懋)의 방에는 세 개의 창문이 있었다고 한다. 협소하고 어두운 방에서 그는 해가 잘 들어오는 창문 쪽으로 상을 옮겨 가며 글을 읽었다. 나에게 역시 책과 책상, 그리고 창문은 한 묶음이다. 공인 중개사와 처음 집을 둘러봤던 날, 창문을 보자마자 곧장 계약을 결심했었다. 앞으로 나의 읽고 쓰는 생활은 햇볕과 하늘을 가득 품은 이 창문에 갚을 수 없는 큰 빚을 지겠구나, 생각했다. 책상에 앉아 있다 보면 창문은 기대 너머의 아름다움을 선사했다. 이를테면 석양이 깃든 창문은 책상 옆으로 책을 쌓아 둔 벽에 창문 모양의 그림자를 만들었다. 초저녁 무렵 책탑 위에 떠오른 그림자 창문을 통해 잠깐 보였다 사라지는 찰나의 아름다움을 줍고 나면, 그 밤엔 더 귀한 마음으로 책과 마주 보고 앉게 됐다. 낮 동안 햇볕을 방으로 안내했던 창문은 별빛과 달빛도 잘 데려다주었다. 창문의 호위에 의탁한 책상에서 아득한 옛글을 번역해 냈고 나의 글도 지을 수 있었다. 애호하는 창문 앞 책상으로 무사히 돌아오기 위해 기꺼이 매일 학교와 일터로 나갔다. 바깥에서 무거워진 심신이 귀가해 대뜸 내려앉은 자리는 언제나 창문 곁 책상 앞이었다.

반가운 손님을 기다리는 의자를 방 한편에 두길 추천한다

무척 작은 방에 살았던 때에는 친구가 놀러 오면 침대에 걸터앉게 해야 했었다. 외출복 차림으로 이부자리에 앉는 것을 미안해한 친구는 손사래 치며 기어코 바닥에 앉기도 했다. 좀 더 넓은 방으로 이사하면 초대한 손님이 편히 앉을 수 있는 자리를 꼭 마련해 두고 싶었다. 그 소망을 이 방에서 이루었다. 목을 젖혀 기댈 수 있는 접이식 안락의자를 사서 방 안쪽, 벽과 벽이 만나는 가장 아늑한 자리에 두었다. 방 전체를 조망하는 위치였다. 손님이 오면 자연스레 집의 중심인 이 방으로 데려왔다. 방에 입장한 손님이 안락의자에 앉음과 동시에, 방을 구성한 물건들과 풍경을 소재로 이야기의 물꼬가 트였다. 손님이 고른 LP판을 턴테이블에 재생시켜 배경 음악 삼았다. LP판 한 면의 음악이 다 흘러나온 뒤 턴테이블이 멈춘 줄도 모르고 손님과의 대화는 쉽게 무르익었다. 나는 손님이 앉은 안락의자 쪽으로 책상 의자를 돌려 앉아, 술을 나눠 마시기도 하고 아무 책이나 꺼내 어느 구절을 함께 읽기도 했다. 손님이 돌아갈 때면 공유한 음반과 책이든 책상 위에 오래 놓여 있던 색 바랜 소품이든, 무엇이라도 방에서 아끼는 것 하나를 손님의 손에 쥐여 주며 전송했다. 혼자의 방에서도 손님을 기다리는 의자가 한 편에 놓여 있는 것만으로 방은 단란할 수 있었다.

조금 울적한 낮이라면 건너편 초등학교 어린이들이 뛰노는 소리에 귀 기울여 보라

9층 방으로는 먼 곳의 소리도 잘 흘러와 닿았다. 새어 들어온 소리 중 제일 좋았던 건 근처 초등학교 어린이들 소리였다. 어릴 적 우리 학교에도 울렸던 익숙한 종소리가 번지고 나면 신난 아이들의 음성이 와르르 쏟아져 나왔다. 선생님의 호루라기 박자에서 이탈해 장난치다가 금세 웃음을 터뜨릴 초등학생들의 모습이 절로 그려졌다. 종일 합성과 음악이 메아리친 날에는 가을 운동회임을 가늠해 보기도 했다. 아이들 소리가 더욱 가까이 들리면 이는 길 건너 주택 옥상에 놓인 튜브에서 어린 남매가 물장구치거나 물총을 쏘며 웃는 소리였다. 아마도 막 하교했을 아이들은 집에 돌아와 또 재잘거리며 놀았다. 홀로 상경(上京)한 뒤 살았던 방에선 눕거나 앉아 고요히 있을 때 벽을 뚫고 들어온 것이 공사 소음이나 술 취한 어른들의 고성일 때가 많았다. 그런 방에서는 불을 켜도 어두웠고 자주 우울했다. 반면 나의 숨소리만 흐르는 방의 먹먹한 적막을 깨뜨린 천진한 아이들 소리는 언제나 반가웠다. 덩달아 방의 표정도 환해지곤 했다.

오늘의 달을 마중하고 배웅하는 행운을 누릴 수 있다

하늘에 달이 떴더라도 아무 방에서나 달을 볼 수 있는 건 아니다. 창을 열면 길 걷는 신발들이 보인 반지하방에선 달이 너무 멀었고, A4 용지 크기만 한 고시원 창에는 가로등 불빛도 겨우 스몄다. 이 방에서는 달이 잘 보였다. 낮게 뜬 달과는 눈이 마주치기도 했고, 하늘 정중앙에 걸렸던 달이 지평선 쪽으로 가라앉을 때까지 고개 내밀어 관찰하며 오늘의 달을 배웅할 수도 있었다. 방 정면으로 마주한 북한산 봉우리는 밤의 어둠에 묻혀 형체를 잃게 됐지만, 달이 무척 밝고 높은 밤에는 눈을 크게 뜨면 산의 윤곽이 가깝게 되살아나는 것만 같았다. 겨울 달이 환한 하늘에서 흩날리는 진눈깨비를 포착하는 건 깊은 밤중에 깨어 있는 사람에게만 주어지는 행운이었다. 오래전 한문(漢文)으로 쓰인 옛글을 공부한 나의 밤들과도 달은 잘 어울렸다. 고인(古人)이 한자로 남겨 둔 암호 같은 글을 비추어 해독하는 데에 달빛은 유용했다. 달은 여기 아닌 장소, 지금 아닌 시간을 상상하게 했다. 먼 과거에도 어김없이 사람들의 눈동자 위로 떠올랐을 달이다. 오늘 내가 배웅한 달이 또 어딘가 언젠가의 누구에게 애틋한 인사로 닿을지 모른다고 생각했다.

어느 밤엔 뜬금없이 침대 아닌 방바닥에 누워 잠들어 봐도 좋을 것이다

여름밤 씻고 나와 문득 바닥에 누워 보고 싶다는 생각이 들었던 날이 있다. 민소매와 반바지 차림으로 팔다리를 뻗고 바닥의 감촉을 느꼈다. 선풍기 바람 안에서 축축함이 마를수록 바닥에 닿은 살도 시원해졌다. 그대로 깜박 잠이 들었다가 몸에 물방울이 튀는 느낌에 일어나 보니 거세게 비가 쏟아지고 있었다. 열어 둔 창틈으로 비가 들이쳐 방 안엔 여름비 냄새가 가득했다. 몹시 여름다운 장면이 연출되는 게 좋아서 그 여름 몇 번 더 바닥 잠을 잤다. 고단한 회식을 견디고 돌아온 어느 겨울 새벽엔, 옷 갈아입을 힘이 나질 않아 외투를 입은 채 방바닥에 누웠던 적이 있다. 몸을 누인 자리의 바닥은 보일러가 돌수록 점점 뜨거워졌다. 아침이 올 때까지 달궈진 푹신한 외투 속에 웅크리고 단잠을 잤다. 나뿐인 방이기에 아무 때나 아무거나 이불 삼아 어떤 모양새로든 잠들었다 깨어 또 한껏 마음대로 뒤척여도 괜찮았다. 여름엔 시원하고 겨울엔 따뜻한 방바닥을 거리낄 것 없이 뒹굴다가, 이 방에서의 생활이 부쩍 자유롭게 여겨지면 어쩐지 조금 신나는 기분이 되었다.

이사 온 집의 새로운 방에서 지난 방을 그려 보며 이 글을 쓴다. 아직은 여기의 방 창문, 책상, 책탑 위로도 떠난 방의 장면들이 겹쳐 아른거린다. 지금쯤 방은 나에게 보여 주었던 빛깔과 모양을 다음 세입자에게 뽐내고 있을 테다. 지나온 다른 월세방들도 그렇듯 이 방의 주소를 영영 잊어버리지 못할 것이다. 시간이 많이 흐른 뒤에도 지도를 보지 않고 찾아갈 수 있을, 언제든 당장 다시 돌아가도 될 것만 같은, 내 방이었던 방.

내 방 사용 설명서

고양이를 키우고 난 이후로 방문을 한 번도 닫아 본 적 없다. 방문을 굳게 닫으면서 시작된 것들이 그동안 나를 길러왔었는데. 이제 내겐 닫힌 문 앞에서 구슬프게 우는 고양이가 있다.

밀폐된 공간이 아니라 열린 공간이 되어 방에서 침묵을 지키려고 할 때마다 열심히 음악을 듣는다. 여행을 다니며 사오거나 귀한 선물로 받은 LP를 선곡하여 틀고, 판 뒤집는 일도 잊는 고요가 비로소 찾아들면 나는 열심히 기계식 키보드를 두드리고 있다. 원고가 잘되지 않을 땐 반투명 유리가 달린 낡은 원목 서랍에서 편지를 꺼내어 읽는다. 그날의 포춘쿠키처럼. 미안하지만 누가 썼는지 알 길이 없는 편지도 있다. 안절부절 읽게 된 우연한 편지 안에는 흔하고 단정한 안부가 적혀 있다. 〈이번 주에는 비가 많이 내린대요. 우산을 잘 챙기세요.〉 비가 들어 있지 않는 구름을 지나면 내 방 창문 밖에서 세탁기 돌리는 소리가 들린다. 세탁 당번은 동생의 몫이므로, 창문 너머로 익숙한 실루엣을 보며 안도한다. 여기는 내 집이구나. 나의 방이구나.

고양이 동생의 방은 내 책상 밑에 있다. 반쯤 갈기갈기 찢긴 스크래처 소파에 앉아 낮잠을 자는 고양이. 고양이가 방 안으로 들어와 문을 닫으면, 귀신같이 일어나 방문 앞에서 운다. 밀폐된 공간을 싫어하면서도 밀폐된 공간을 찾아다니며 누비는 고양이의 심보에 나는 반쯤 열린 세계에서 반쯤 문을 닫는다. 잠든 이를 깨우는 건 너무나도 민망한 일이므로, 다리를 떨거나 책상에 떨어뜨린 볼펜에 저절로 얼음이 된다. 기계식 키보드가 시끄럽게 울리는 것 정도는 견뎌 주는 고양이기에, 나는 신사적으로 할 일을 한다.

책상 뒤에는 책들이 한가득 쌓여 있다. 이 방으로 이사 오기 전, 포장 이사를 신청하고는 가지고 있는 가구, 책의 분량 등을 구체적으로 말하여 견적을 내는 일이 있었는데, 숫자에 약한 나는 무언가가 많다고 느끼면 대략 백 개쯤이라고 짐작하고는 아무 생각도 없이 책도 백 권 정도 있다고 말해 버렸다. 포장 이사 당일, 경력 26년 차 베테랑 사장님은 백 권이 아니라 천 권 정도 되는 것 같다면서 나를 사기꾼 취급하였는데 수치스러웠다. 내 많은 장난감을 보고 〈이 집에 애가 있어요?〉 하고 물었던 것만큼. 언젠가는 세로로 꽂혀 있는 책보다 가로로 누워 있는 책이 더 많은 날을 불행한 날이라고 여겼다. 쌓아 두기만 하고 꽂아 두지 않는 정돈의 문턱에서 아무것도 돌보지 못하며 보낸 날들의 증거이기도 하니까. 내 방은 내 마음을 모사하는 것만 같다.

호기롭게 산 인테리어용 수동 달력은 매일 날짜 카드를 꺼내어 갈아 줘야 하는데, 지금은 5월 5일 어린이날에 멈춰 있다. 휴일 어느 날, 하루하루를 다짐하며 끼워 둔 날짜를 그대로 두었다. 중국 쇼핑몰에서 산 무소음 탁상시계는 미싱을 돌리듯 잘도 돌아가고, 선물받은 문진들이 그 옆에서 영롱하게 빛난다. 구절초나 민들레 홀씨를 영원히 간직하며, 펼친 책의 들판에 내려앉는다. 무구한 마음으로 뛰어다니는 일은 오직 책 위에서뿐이다.

내 책상의 볼거리는 노트를 꽂아 두는 노트꽂이가 있다는 것이다. 화장품 팔레트를 꽂아 두는 용도로 나온 투명한 꽂이를 요긴하게 쓰고 있다. 〈살림 꿀팁〉이라고 나오는 쇼츠를 보고 충동구매 하였는데 무척 만족스럽다. 나는 수첩 인간이기에. 동시에 쓰고 있는 수첩이 아홉 권 정도 된다. 그래서 단 한 권도 제대로 채워 본 적 없다. 통장 쪼개기를 하듯이, 기록하고 싶은 것들을 종류별로 나누어 쓰고 있다. 〈요리 비결〉이라는 노트는 백종원식 레시피를 탈피하고자 만든 호기로운 노트였는데, 종갓집에서 대대로 내려오는 요리 비법 같은 것을 쓰고 싶었지만 진도가 잘 나가지 않는다. 마지막 요리 기록은 〈김치찌개〉로, 평소 만들던 레시피와 조금 다른 시도를 해보았다가 함께 사는 동생에게 이런 한 줄 평을 받고야 말았다.

외국인이 한국에 관광 와서 체험 프로그램으로
처음 끓여 본 김치찌개의 맛!

나는 도장이 많다. 도장을 스탬프라고 말하면 팬시해진다. 외국 여행에 가면 꼭 그 도시에서 스탬프를 사 왔다. 뉘른베르크 크리스마스 마켓에서 산 기린과 나무 도장, 치앙마이

선데이 마켓에서 산 고양이 도장……. 그런 것들은 잃어버리지 않는다. 도장을 모아 두는 나무 상자는 회사에서 운영했던 서점에서 쓰던 엽서 함이다. 서점 공간을 정리하며 가져온 것이다. 한 칸이라도 소중한 조각을 가져올 수 있어 기쁜 마음에 소중한 것을 넣기 시작했다.

책꽂이 위로는 신발 상자들이 쌓여 있다. 신발을 사고 난 뒤 제법 튼튼해 보이는 것들을 남기고는 그동안 받은 편지들을 넣어 두었다. 다시는 읽을 수 없을 것 같은 편지들이 훨씬 더 많다. 타인이 나를 대신해 받아 적어 준 시간의 각인이라 생각하면, 내 방은 꼭 시계태엽 안에 있는 기분을 선사한다. 세상 어디에서도 보이지 않는 시계탑을 청소하는 사람이 된다.

물티슈 몇 장을 뽑아 구석구석 바닥을 닦는다. 방문을 닫을 수 없으므로 나는 방 안에서 울지 않는다. 문을 세게 닫았다고 혼내는 사람도, 바람이 그랬다면서 변명하는 사람도 없어서 이제는 일기장에 적는다. 집에 있어도 집에 가고 싶은 기분, 방 안에 있어도 방에 들어가고 싶은 마음을 매달고 살아온 지 오래되었다. 검은 LP판에 달라붙은 고양이 수염 한

가닥을 떼어 내고, 잠든 고양이를 깨우지 않기 위해 사뿐사뿐 걸어 다니는 작은 방. 고양이가 잔뜩 그려진 엽서를 벽에 계단식으로 붙여 놓고는 흐뭇해하기. 닫지 않는 문고리에는 작년의 크리스마스 리스가. 내일 입을 폴로 셔츠와 회색 슬랙스가 걸려 있는 유니크한 디자인의 간이 옷걸이는 사실 아동용이었다는 것을 아주 나중에 알았다. 방은 아주 나중에 알게 되는 곳이다. 당장 외치고 싶은 말을 하게 되는 고해 성사의 공간도 아니고, 내일 꿀 꿈을 미리 받아 적는 곳도 아니다. 나중에, 아주 나중을 알게 되는 곳이다.

뉴진스 신보와 쳇 베이커 베스트 앨범과 나카모리 아키나의 데뷔 앨범이 한데 모여 있는 곳. 여기저기서 나를 돕고 있었던 과거의 〈나〉들이 모여 다음 일거리를 기다리는 작은 인력 사무소. 모르는 사람들에게 편지를 쓰듯 시를 쓰며 편지를 되풀이하는 곳. 1년 내내 어쩌면 5월 5일 어린이날일 수도 있는 곳. 가방에 열심히 매달려 있던 키링 인형들도 먼지 묻은 코를 닦고 쉬는 곳. 함부로 하트를 그리거나 스마일을 그려 넣어도 좋을 백지가 많아 백치가 되는 곳. 여백일수록 초조하고 빼곡할수록 수줍어지는 깜빡임으로 정체되는 곳. 이곳이 나의 방. 수도 없이 주소를 옮겨 오긴 했지만 변함없이 웅크림을 발명한 현장이기도 하다.

내 방 의자에 앉아서

의자는 방에서 제일 처연(凄然)하다고 느껴지는 사물이다. 다른 각도와 시점에서 응시할 때 문득 안쓰럽게 다가오는 것들이 있고, 의자도 그렇다. 앉았던 내가 일어난 의자에는 몸의 흔적이 맴돈다. 몸무게를 감당해 내느라 찍힌 자국과 체온이 식지 않은 의자. 아직 몸을 기억하는 의자를 조금 떨어진 거리에서 바라보고 있노라면, 의자에 앉았던 것은 몸뿐만이 아니라는 생각을 하게 된다. 몸에 눌린 방석과 따뜻해진 등받이 온도는 마음이 애썼던 밤, 흘렸던 땀, 내쉬었던 한숨의 증명이다.

작업실로 쓰고 있는 방 책상 곁엔 옷장이 있는데, 옷장을 열면 문 안쪽에 달린 거울이 나를 비춘다. 책상 앞 의자에 앉은 몸 전체가 담길 만큼 꽤 큰 거울이다. 어쩌다 깜박하고 옷장 문을 열어 둔 채 책상으로 돌아와 앉으면 거울을 통해 의자에 기댄 몸을 마주 보게 된다. 컴퓨터 쪽으로 굽힌 허리를 지탱한 등받이와 다리 꼰 하체를 앉힌 좌석. 마음이 온통 모니터 속 세계를 향해 애쓰는 사이 잊힌 몸을, 의자가 내내 받쳐 주고 있다는 사실이 매번 새삼스럽다. 나에 대한, 나아가 삶 자체에 대한 연민을 의자라는 사물로 이입하게 되는 것도 같다.

골목길 주택 대문 앞에 덩그러니 놓인 낡은 식탁 의자나, 길가 쓰레기장에 버려진 사무용 의자 같은 것을 발견할 때 쓸쓸함이 밀려오곤 한다. 다른 가구였다면 느낄 수 없었을 감정이다. 보편적이지 않은 장소에 뜬금없이 존재하는 사물이 주는 생경함을 감안하더라도, 나는 의자를 보며 유달리 애달파졌다. 방 안에서 어엿하게 사용되었던 시간 끝에 바깥으로 옮겨져서도 여전히 사람을 앉히는 의자의 쓰임을 상상한다. 그래서 거리에 방치된 텅 빈 의자를 보면서 역시 의자에 앉은 이의 시선을 가늠하며, 의자가 향하는 곳이 어디인지를 헤아린다. 의자를 사람과 무관한 물건으로 받아들이지 못한 탓이다.

가구(家具)는 애초에 사람 없이 쓸모를 잃는다. 공간을 집[家]답게 갖추어 주는[具] 가구는 집에서의 쓰임에 따라 저마다 어떤 행위의 상징이 된다. 의자는 곧 〈앉음〉과 〈쉼〉을 상징한다. 어느 해 생일날, 친구는 의자 사진과 함께 〈편하게 앉아 너를 축하할 수 있는 오늘이 되길〉이라는 메시지를 보내왔다. 의자는 휴식을 형상화한 여러 이미지 중 하나일 테다. 그러나 그동안 내가 운용한 생활에선 〈의자에 앉음〉이 곧 휴식만을 의미하진 않았다. 친구가 보낸 사진 속 짝이 없는 하나의 의자처럼 나에게 의자는 언제나 하나였다. 두 개 혹은 네 개가 똑같이 생긴, 짝 맞는 의자를 가져 본 적 없다. 내 방을 구성했던 최소한의 조촐한 가구 중 의자는 책상 의자뿐이었다. 그 의자에 혼자 앉는 시간. 의자는 공부하고 글 쓰는 자리, 업무를 처리하는 자리였을뿐더러 동시에 밥을 먹는 자리이기도 했다. 무언가를 해결하기 위해 의자를 찾아 앉았다.

그렇기에 방을 구성한 가구 중, 깨어 있는 몸과 정신의 시간이 가장 밀착해 깃든 것도 의자였다. 잠들고자 침대에 누이는 몸보다 힘껏 깨어 있으려고 의자에 앉힌 몸이 더 애틋하다. 침대와 의자를 견줄 때, 삶의 편에 가까운 걸 고르자면 의자이다. 의자는 망각이 아니라 각성을 도와주는 가구이다. 해가 뜬 세상으로 나가 당면하는 사건들을 애써 겪고 돌아온 캄캄한 방에선, 의자에 앉기를 건너뛰고 침대로 곧장 가 눕는 선택을 하기 십상이다. 의자에 안착(安着)하는 행위가 결여된 생활은 곧 잘 살아가고 있다는 감각의 결핍으로 이어지다가, 기저에 잠자코 흐르던 불안의 물살이 거세지고야 만다. 사람들을 견디며 떠들썩한 시간을 지나온 뒤의 나는 어김없이 길 잃은 기분, 소중한 물건을 잃은 기분이 되었다.

생활이 위기에 처했음을 인지하고서 내리는 처방은 일단 내 방 책상 앞 의자로 돌아와 앉는 것이다. 시간을 따라 분주히 흘러만 가다 보면 무언가 중요한 약속을 잊은 듯 심장이 쿵쾅거리는 순간에 도달하지만, 이는 어쩌면 생활의 나침반 역할을 하는 것도 같다. 지금 내가 서 있는 시간의 마디 위에서 꼭 쥐고 가야 하는 게 무엇인지 상기해 내도록, 나를 의자로 데려오는 계기가 되기 때문이다. 어수선한 심신을 의자에 앉혀 바닥에 짙은 자국을 새길 때까지 기다리다 보면 마침내 가라앉는 것들이 있었다. 의식적으로 일부러 내 방 의자에 앉는 행위를 통해 되찾으려는 것은, 몹시 귀하지만 잠깐 잊어버리고 잃어버린 것들이었다. 그래서 나는 머지않아 기어코 책상 앞 의자로 돌아가 앉아 글 안에서 차분해지리란 확신에 자주 기댄다.

지금 글을 쓰는 방 의자는 고무나무로 만든 짙은 밤색 의자이다. 의자는 한자로 〈椅子〉라 쓰고, 이때 〈椅〉 자는 의나무를 뜻한다. 다른 세간 살림들도 마찬가지겠지만 과거부터 의자를 만든 가장 흔한 재료는 나무였다. 사용하는 이의 손길, 사용되는 장소와 시간에 따라 나무 의자는 반질반질 빛이 나게도 되고 결 따라 틈이 갈라지며 모서리가 닳아지기도 할 것이다. 여태껏 살았던 방에선 줄곧 전 세입자가 두고 간 의자를 그냥 쓰거나 저렴한 접이식 혹은 조립식 의자를 쓰기 일쑤였다. 처음으로 가져 본 지금의 고무나무 의자가 마음에 꼭 든다. 이 의자에 앉아서는 글만 쓰기로 정했다. 아직 새것 티를 벗지 못한 의자가 낡아질 때까지 오래도록 쓰고 싶다. 도달하고 싶은 미래 쪽으로 나를 데려가기 위해 앉아서 생활의 매무새를 가다듬어 글 쓰는 시간이, 이 의자에 고스란히 새겨질 테다.

내 방 의자에 앉아서

나고야 국제공항에서 한국으로 돌아오는 비행기를 기다리고 있었다. 남은 동전을 처리하기 위해 여러 자판기를 돌아다니다가 신기한 것을 보았다. 나무를 촘촘히 엮어 만든 사람 키만 한 파티션 안으로 안락한 의자가 덩그러니 놓여 있는 풍경이었다. 처음엔 코인을 넣어야 하는 안마 의자로 생각했는데, 누구나 앉을 수 있는 의자였다. 의자 옆에 적힌 설명서를 번역해 보니 〈생각하세요, 쉬어 가세요〉라고 적혀 있었고(지금 생각해 보니 의자 광고가 아니었을까 싶다) 그곳에 어색하게 앉아 보았다. 소란스럽던 풍경이 단숨에 차단되어 작은 방에 홀로 놓여 있는 기분이 들었다. 기나긴 공항 벤치에 앉아 있었더라면 아마도 빨리 집에 가고 싶다는 생각에 사로잡혔을 텐데, 나는 생각하고 쉬어 가는 혼자만의 의자에 앉아서 그 시절에 꼭 필요했던 생각과 결정을 할 수 있었다.

의자는 생각을 재료로써 다룰 수 있도록 돕는 가구 중 하나다. 의자에 앉으면 일단 대기 상태가 되기 때문이다. 맛집 앞에 놓여 있는 불편한 플라스틱 의자, 병원 벽마다 놓여 있는 기나긴 의자, 오래된 사진관에서 증명사진 찍을 때 앉는 식탁 의자, 쇼룸에 단정히 놓여 있는 원목 의자……. 앉았던 의자에서 다음 의자에게로 나를 보내 주는 것이 삶이라고 생각했다.

최근에는 좋은 의자를 구매했다. 내가 생각하는 좋은 의자란 비싼 의자가 아니지만, 내가 그리는 이상적인 의자의 조건을 그나마 가장 많이 갖춘 의자라고 할 수 있다. 양반다리를 하고 앉을 수 있을 정도로 의자 받침이 푸짐하리만치 크고 쿠션감이 있어야 한다는 점, 바퀴가 달려 있지 않아야 한다는 점, 지금의 원목 책상과 어울리는 브라운 계열의 색상이어야 한다는 점, 거추장스러운 팔걸이가 없어야 한다는 점 등에서 가장 적합한 의자를 고른 셈이었다. 좋은 의

자란 오랜 생각에 안성맞춤인 의자. 집에 새 의자가 생기게 되어 기존에 있던 인테리어에만 충실한 딱딱한 원목 의자를 처분해야만 했다. 동네 중고 거래 앱에 의자를 헐값에 올려놓고 연락을 기다렸다. 한 사람이 곧바로 말을 걸어왔다. 10분 내로 갈 수 있어요. 10분 내는 제가 곤란해요. 혼자 들 수 있는 무게인가요? 가볍지만 튼튼합니다. 동문서답을 하고 난 뒤, 나는 의자를 열심히 닦고 나갈 채비를 했다.

아파트 입구에 도착한 사람은 홀로 서 있었다. 꼭 의자가 필요한 사람처럼 보였다. 그런데 정말 의자를 들고 갈 셈인가? 그는 의자 상태를 보더니 주머니에서 준비한 지폐를 꺼내어 건네주고는 의자를 거꾸로 세워 머리 위에 얹었다. 그런 광경은 학교에서 벌받을 때 보고 처음이어서 괜히 머쓱해지고 말았다. 의자를 들고 가는 사람이 내 시야에서 멀어지며 실루엣이 될 때, 꼭 머리에 뿔이 솟은 우주 괴물처럼 보였다. 그리고 집에 돌아와 생각 난 시가 있어서 시집을 펼쳐 읽었다. 모서리가 접혀 있었던 시. 강지혜 시인의 「의자 들고 전철 타기」였다.

　　의자를 들고 있는데 앉을 수가 없으니 나와 의자는

슬펐다 그리고 의자는 분명히 외로웠다

기형도 시인의 「겨울 판화」 연작 중 「너무 큰 등받이의자」를 상정해 헌사 작품을 써 달라고 청탁받았던 어느 겨울에, 나는 홀로 겨울 공원 벤치에 자주 앉아 보곤 했다. 내가 생각하는 가장 큰 등받이의자는 어디에 있을까 헤아리다가 겨울 공원에 깔린 나무 벤치를 떠올렸다. 생각에 따라, 상황에 따라, 같이 온 사람이나 날씨에 따라 길어지기도 하고 짧아지기도 하는 나무 벤치를. 언젠가 집에 이런 벤치를 하나 두었으면 좋겠다고 생각했다. 너무나 크면 꼭 올 사람이 있거나, 이미 살고 있는 사람이 많아 보일 수 있으니까 적당한 길이로. 그 시는 아버지에 관한 시이기는 했지만, 내게 의자는 기다림으로 읽혔다. 기다림이 어떤 존재로 태어난다면 그것은 너무나도 큰 등받이의자일 거라고 생각하면서 그 시를 써 내려갔었다.

여러 거주 형태를 지내다 보니, 내가 의자의 주인이 된 일은 불과 몇 년 되지 않았다. 누군가 쓰던 옵션 중 하나인 의자가 많았고, 공간이 협소해 접이식 의자를 자주 사고 자주 버리기도 했다. 견고하고 반듯한 나만의 의자를 처음 가진 것은 2017년. 그렇게 셈하니까 인생을 본격적으로 산 시간도 얼마 되지 않은 것 같다.

의자는 가구 중에 가장 보행 수가 많다. 식탁 의자에 귀엽고 앙증맞은 양말도 신겨 준다(층간 소음 방지 의자 다리 커버). 내가 좋아하게 된 한 카페는 커피가 특출나게 맛있어서가 아니라, 의자 다리마다 테니스공이 끼워져 있다. 의자의 고요한 걸음을 돕는 디테일이 아름다워(향수를 자극했을지도 모르지만) 그곳에 자주 가게 되었다. 그래서 의자는 비교적 움직임이 많은 가구라서 움직임이 없는 가구들 사이에서 종종 벗어나 생각하게 된다. 사람이 지닌 신체의 바깥을 가장 잘 구현한 사물이자, 사람의 신체를 지탱하는 척추와 엉덩이, 다리 등에 깊숙이 관여하는 실루엣을 지녔다. 어떤 자세를 보편적으로 말하게 되는 장면을 연출하기도 하고, 한 사람의 예절이나 습관을 드러내는 방식이 되기도 하면서 나와 가장 오랫동안 붙어 있는 사이. 의자에 이름을 지어 줄 자신은 없지만, 할부가 거의 끝나갈 무렵에는 의자에 고마운 마음 정도 표하고 싶다. 물티슈로 의자의 구석구석을 닦아 주면서? 의자가 방에서 가장 고립된 구역이 아니라, 그 방에서 가장 바깥 세계에 관여하는 뱃머리라고 한다면? 내 편이 되어 나를 돕는 의자라고 생각하니 기분이 좋다. 모든 일을 끝마치고 책상 안쪽으로 의자를 밀어 넣을 때의 기분처럼.

내 방에 없어도 되지만 있는 것들

나를 미워할 순서는 혼자가 된 방에서 찾아온다. 어떤 사건이 종료된 이후에 지나간 나를 돌아보면서 그제야 느끼는 감정은, 뒤늦게 도착한 후회와 슬픔이다. 방에서 마음껏 나를 미워한 시간 끝에 남는 것이 깊은 절망인 적도 있지만, 때로는 반성과 사랑이 남기도 한다. 후자인 경우, 나는 몸도 마음도 조금 자라난 기분이 든다.

좁은 방에서 애써 어렵게 벌어지는 일종의 성장 과정을 홀로 겪기 위해선, 말없이 나를 도와줄 사물들이 곁에 필요했다. 방에 사는 나를 키워 낸 공로는 침묵하며 나와 동거해 온 사소한 사물들에 돌려야 하는지도 모른다. 생활하는 방에 반드시 있어야 하는 건 아니지만, 내 방엔 있는 것들.

지금 글을 쓰는 책상 모니터 근처엔 도토리 한 알이 보인다. 책상에 앉아 있는 시간 동안 자꾸 손을 뻗어 동그란 도토리를 만지고 굴려 본다. 인고 끝에 맺힌 세상 모든 열매는 애틋하고 대견하지만 특히 도토리를 편애한다. 내가 한문 공부의 길을 걸어온 비결이, 〈도토리를 발견하고 줍는 다람쥐의 반가움과 기쁨으로 이 길에 임한 것〉이라고 여기저기에서 말한 적 있다. 이런 나의 도토리 사랑을 잘 아는 주변 사람들은 예쁜 모양의 도토리를 주우면 나에게 가져다준다. 그렇게 모아 온 도토리 한 알은 지갑 안에, 한 알은 책상 위에, 한 알은 LP 수납장 위에 놓여 있다. 〈알〉이라고 세는 것이 아주 잘 어울리는 도토리.

얼마 전엔 나를 아껴 주는 사람이 주머니에서 따뜻해진 도토리를 일곱 알이나 꺼내 건네었다. 산에서 나에게 주려고 주워 왔다는 옹골진 도토리 중 몇 알을 화분에 심어 방의 창가에 두었다. 아직 싹이 돋을 기척 없는 도토리 화분 곁을 서성이면서, 키가 커진 나무가 다시 도토리를 주렁주렁 맺는 어느 날을 그려 보곤 한다.

도토리 화분이 놓인 창가 앞엔 성냥갑과 인센스 스틱 상자를 쌓아 둔 구간이 있다. 향을 내는 재료와 크기, 빛깔이 제각각인 인센스 스틱들은 그간의 자취 생활 동안 모아 온 것인데, 출처가 다양한 향들 사이에서 성냥갑은 딱 하나이다. 초록색 바탕에 금빛으로 크리스마스트리와 순록이 새겨진 성냥갑. 지금은 모서리가 낡아진 이 성냥갑을 처음 방에 둔 건, 가장 좁은 방에 살던 시절이었다. 싱글 침대조차 들어가지 못해 이불을 펴고 간신히 누웠던 방이다. 그러나 공부와 글쓰기에 몰입할 수 있는 혼자의 공간이 간절했던 때였기에, 그 방에서 지내는 시간 내내 몹시 감사했다.

크리스마스 무렵, 양초와 함께 트리 그림이 그려진 이 성냥갑을 사서 방에 놓아두었다. 성냥갑 속에서 빛내는 트리의 작은 아름다움에 기대어도 충분히 안온했던, 겨울의 내 방이었다. 이후로 여러 형태의 방을 지나오는 동안 매번 이 성냥갑을 챙겨 다니며 나의 향 구간에 두고 아껴 썼다. 이사한 낯선 동네의 방에서도 성냥 하나를 꺼내어 불을 붙이는 순간, 작고도 컸던 지난 방의 기억에도 불이 켜졌다.

과거의 기억 중엔 영영 불을 꺼둔 채로 두는 편이 안전한 조각도 있지만, 자꾸 불을 밝혀 소환해 내는 게 이로운 기억도 있다. 여행의 추억이 그렇다. 돌아갈 수 없는 여행을 여기로 불러오는 신속한 촉매제는 사진이다. 필름 카메라를 들고 떠났던 여행 끝에는 인화한 사진이 기념품으로 남고, 그중 몇 장면은 오래도록 방 곳곳의 벽에 걸어 둔다. 구례의

골목길 담벼락에 뜬금없이 그려져 있던 고래, 제주도 호텔 방 창문으로 내다본 해 질 녘 바다, 경주 첨성대 앞 꽃밭에서 바람에 흔들리던 해바라기가 담긴 사진들. 사진이 붙은 벽을 지나며, 나는 방의 생활 속에서 잠시나마 여행의 길목들을 걷게 된다.

이사 다닐 때마다 사진을 떼어 가, 새 방에 또 붙여 두곤 했기에, 사진 뒷장에는 여러 색의 마스킹 테이프 흔적이 남았다. 벽 일부를 차지한 이미지 중에는 그림엽서도 있다. 대체로 여행 도중 괜한 용기가 생겨 누군가에게 써주려고 고심해 골랐던 엽서인데, 텅 빈 면을 뒤로 감춘 채 벽에 액자처럼 붙여 두게 된 것들. 어떤 엽서엔 〈OO에게〉까지만 적혀 있기도 하다. 이제는 너무 늦어 버린 안부일지라도, 살가운 마음을 이면에 숨긴 풍경들이 내 방을 좀 더 정답게 둘러주고 있다.

도토리, 성냥갑, 사진, 그림엽서 들이 있는 방과 없는 방은 분명히 다르다. 생활 공간을 꾸리기 위해 꼭 필요한 건 아니지만 내 방엔 있는 것들이, 공간을 내 방답게 만들어 준다. 캄캄한 방으로 돌아와 자신을 미워하다가도 결국엔 사랑과 고마움의 자리를 더듬어 찾아내도록 도토리 한 알, 성냥 한 개비, 사진 한 장이 나를 돕는다. 온기 어린 기억을 조용히 간직하며, 방 한쪽 구석에 놓여 있는 소품들의 모양을 만지고 냄새를 맡고 색을 눈에 담는 동안 많은 걸 용서할 수 있었다.

내 방에 없어도 되지만 있는 것들

나뉘어 있지 않은 길 위에 서 있었다. 출발도 도착도 가늠할 수 없을 만큼의 혼돈이라도 기꺼이 누리고 싶은 마음이어서, 나는 이 세계에 들어왔다. 잡동사니의 세계.

학교 다닐 적, 나는 이야기를 찾아 헤매는 아이 중 하나였다. 학급 환경 미화에도 자발적으로 참여했는데, 그것은 정해진 구역을 자유롭게 꾸미고 채워 나갈 수 있어서였다. 친구들과 보낸 시간, 저마다 바라는 것을 오리고 접고 그려 교실 뒤 초록색 부직포로 덮여 있던 빈 게시판을 요모조모 꾸몄다. 사실 정말로 좋아했던 것은 방과 후 남아 아무도 없는 교실 안에서 도란도란 모여 앉은 채로 우리들의 목소리만 새어 나오는 그 고요함이었을지도 모른다. 아주 대단한 이야기를 하는 것처럼 속삭이고, 그렇게 갑자기 꺼낸 비밀 하나로 우정을 체결했던 그곳의 두서없던 이야기가 지금의 나를 길러 냈다고 믿을 때, 무언가 꼭 들어맞는 기분이 든다.

훗날에는 학급 신문을 만드는 일부터, 교지 편집부에 들어가 잡다한 것들을 만지고 편집하고 다듬는 일을 자처했다. 대학에 다닐 때 유일하게 기뻐하며 했던 일은, 친구와 블로그에 매달 잡지 형태의 글을 발행하는 일이었다. 그림판으로 원고를 올리고, 〈ㅇ〉 자음 속 동그라미를 페인트로 채워 넣던 허접한 시간이었지만. 이야기가 있어서 견딜 수 있는 날들이었다. 첫 직장으로 잡지사에 들어가는 일은 내게 너무나도 자연스러운 난장이었다. 8구짜리 멀티탭이 된 것처럼, 기사 하나를 내는 데 정말 많은 일이 필요했다. 주어진 두 페이지를 채우기 위해 섭외와 인터뷰, 협찬과 기사 쓰기, 사진 고르기까지…… 일은 그만큼 힘들었지만 내가 정말로 좋아하는 것이 무엇인지 확실히 알 수 있었다.

그것은 잡동사니를 좋아하는 마음.

색깔이나 종류별로 흐트러짐 없이 정리된 모습을 보면 어딘가 숨이 막힌다. 생활이라는 감각 속에서 여기저기 자기 몫의 자리를 지켜내고 있는 사물들의 어우러진 풍경이 내게는 더 생동감으로 다가온다. 가끔은 감동적이기까지 하다. 그런 것을 아기자기한 것이라고 여기던 사람들은 내게, 남자애 취향치고는 여성스럽다든지, 특이하다든지 그런 비아냥 섞인 이야기를 하곤 했었는데 나는 아랑곳하지 않고 잡동사니의 세계로 뚜벅뚜벅 걸어 나갔다. 그것이 내겐 말하는 일과도 같았으니까. 어쩌면 생존에 가까운 일이었을지도 모르겠다.

10년 전 뉘른베르크 크리스마스 마켓에서 구매했던 다람쥐 인형이 놓여 있는 내 방 스탠드 아래로, 얼마 전 통영에서 충동적으로 구매한 다른 다람쥐 열쇠고리를 기대어 놓았다. 마치 오래 떨어져 지낸 가족을 만나게 해준 것 같아 홀로 기뻐하며 축하하기도 했다. 사실은 아주 작은 우연에 불과했지만. 나로 인해 이 잡동사니의 세계가 이야기로 연결되는 것이 좋다. 사연마다 정거장이 되고, 살아 내는 동안의 이야기가 시간의 노선도처럼 복잡하지만 정교하게 흐르는 이 잡동사니의 풍경 안에도 질서가 있다는 것을 누구보다 잘 알고 있다. 꼭 그것은 내가 지나온 시간의 지도를 그리는 일이었다. 그것을 알아봐 주는 사람과는 금방 친구가 될 수 있었다.

나는 좋은 집이나 좋은 음식이 삶을 결정하는 것이 아니라고 생각한다. 먹고사는 일 사이사이로 아무렇게나 붙여 놓은 스티커, 사 놓고 쓰지 않는 엽서, 존재만으로도 충분한 인형, 귀여운 일러스트가 그려진 접시나 컵, 나만 알아볼 수 있는 모양이 자수로 놓인 양말이 서랍에 잘 개켜져 있을 때, 그런 일들이 내 삶을 결정해 왔다.

방 안에서 노래를 들을 때, 보통은 컴퓨터와 블루투스 스피커를 연결해 듣지만 얼마 전부터는 LP를 열심히 듣고 있다. 집에 온 사연이 달라서 마모된 모서리, 앨범 커버, 비닐 유무 등 LP들이 한데 모여 있는 풍경도 잡동사니를 이룬다. 한 곡의 노래를 듣는 데 공을 들이려고 노력하고 있다. 뭐든지 쉽고 신속하게 해치우고만 있다고 여긴 탓에, 나를 스스로 번거롭게 만드는 일로 그 노래에 기꺼이 다가가 기대어 감상하는 일을 한다. LP를 듣기 위해서는 몇 가지 준비 과정이 필요하고, 그 뒤로 노래 한 곡을 듣는 짧은 시간 동안 나는 준비를 거듭해 감상하려는 태도에 이르게 된다. 컴퓨터에서 무작위로 흘러나오는 노래를 흘려듣고 마는 것이 아니라, 내가 선택한 앨범에 몰입하는 감상으로부터 자동적이고 무작위로 구성되던 생활을 일시적으로 지연시킨다. 잡동사니에도 그런 힘이 있다. 멈춰 세우고, 들여다보게 만드는 힘. 어떤 비명은 너무나도 커서 들은 체도 하지 않을 수 있지만, 어떤 귓속말은 모른 척하고 지나갈 수 없듯이. 작은 것들이 말을 걸어오고, 작은 것들에게 다가서는 이 두서없지만 고귀한 풍경을 잡동사니는 가능하게 만든다. 사물을 그들의 이야기로 인식할 때, 우리는 비로소 그들과 조응할 수 있다는 사회학자 팀 잉골드의 말을 영혼의 등에 오롯이 새기면서 하는 생각들.

잡동사니 속에는 한 번도 호명되지 못하고 잊힌 물건들도 많다. 가끔은 그런 것들을 꺼내어 내가 너를 잊지 않았다고 인기척하는 것이 예의다. 내가 최근에 손에 든 것은 두부 스탬프였다. 이사하면서 호기로운 마음에 구매했다가 순번을 잊고 지나쳐 버린 귀여운 물건. 따뜻한 두부 한 모의 머리 위로 자동차 모양의 스탬프를 찍은 다음, 막 식사를 시작하려던 참에 그것을 발견하고선 잠깐 귀여워하며 화기애애

한 식사를 할 수 있으면 좋겠다. (그러나 내 삶에 끼어든 팔할의 두부는 스탬프를 남기기 어렵도록 언제나 차갑다.)

잡동사니의 세계에는 그런 미덕이 있다. 웃을 수 있고, 흐뭇한 얼굴을 하고선 소란을 고삐에 걸어 둔 채 멀리 침묵으로 잠깐 다녀올 수 있는 시간을 주는 것. 이 다채로움을 지나는 나의 어둠은 본래 알록달록했을 것이라고 이상한 희망을 쥐게 만든다. 어둠을 분간하지 못하는 고난 속에서도 귀여운 장면은 사진으로 남기고, 발걸음을 멈춰 말을 걸고, 사물에 저마다 나를 찾아온 이야기를 쥐여 준다. 어디선가 이들이 나를 돕고, 나도 이들을 풍경 속에 심어 주었다는 사실을 나눈다.

잡동사니의 세계에서 내가 살아가는 방식. 나와 전혀 다른 물질로 이루어진 잡화들과 하나의 이야기에 뒤섞이는 과정에서 나는 아주 맑고 기분 좋은 현기증을 느끼곤 한다.

내 방 창문이 준 선물

내 방 창문과 우정을 쌓으며 나는 여러 번 세상과 화해했다. 세상의 움직임에 관여하지 않은 채, 나 없는 세상을 지켜만 보게 해주는 창문. 외부의 위험 요소가 사라진 나만의 방 안에서 유리창 밖으로 동요하는 세상을 내다보았다. 열고 싶을 때 활짝 열어젖혀도 창문을 통해서 방 쪽으로 유입되는 것은 모두 나에게 해롭지 않았다. 해와 달의 그림자, 바람에 스민 공기의 내음, 또 어떤 계절의 운이 좋은 날에는 조금의 빗방울이나 눈송이, 꽃잎이나 나뭇잎 조각 같은 것이 창문으로 들어왔다. 창문이 데려다주는 건 오직 말 없는 자연뿐이었다. 창문 앞에 걸어 둔 말간 푸른빛 돌고래 모빌이 반짝이고 흔들리는 걸 보며 매일 아침 햇살과 바람을 헤아렸다.

그 방에 사는 사람에게 창문이 주는 선물들 같았다. 안심하고 평온의 순간에 착지하는 걸 일종의 행복이라고 부를 수 있다면, 나의 행복은 통계상 창문 바깥에서보다 창문 안쪽에 있을 때 찾아올 확률이 높았다. 좋아하는 창문이 있는 방 안에서 종종 완벽하게 안전하다고 생각했다.

지나온 방의 역사는 곧 창문들의 역사와도 같다. 무해한 아름다움을 담아 주는 가지각색의 창문을 수집해 왔다. 창문은 놓인 위치와 방향에 따라 내가 바라보는 세상의 테두리 모양과 크기, 색감과 선명도까지 정해 주었다. 동그랗고 네모지고 금이 가고 먼지가 낀 각종 창문들. 창문 앞에 선 나는 창문의 형태와 상태에 따라 창문이 보여 주는 만큼만 세상을 구경하게 되는 것이다. 세상이 아득히 넓고 복잡해서 발생한 피로와 흥분은 크고 난삽한 세상의 한 귀퉁이, 한 단편에 의해 위로받아 침착해질 수도 있다. 방 안에서 창문을 통해 바깥을 바라보는 건 세상의 퍼즐 한 조각을 벽에 걸어 두고 차분히, 마치 작품처럼 감상하는 행위와 다르지 않을 테다. 벽의 고정된 위치에 걸려 나날이 조금씩 변화하는 창문의 순간들을 포착하는 사이 그 방, 그 동네, 그 시절만의 깊은 심상(心想)이 형성된다.

과거 어느 한 시기의 나를 돌이켜 보면 어김없이 제일 먼저 그때 내가 살던 방의 창문 장면부터 떠오른다. 네모의 장면 전체가 벚나무로 가득 찼던 창문은 내가 가져 본 제일 황홀한 창문이었다. 창문을 열면 바람에 벚꽃잎들이 화르르 날려 들어오곤 했다. 오피스텔의 한 뼘 정도만 열렸던 여닫이창은, 겨울이 되면 김이 잘 서려서 비가 오지 않는 날에도 비 오는 날처럼 울먹이는 듯 보였다. 손으로 대강 김을 닦아 내고 나면 이내 유리에선 물방울들이 주르륵 흘러내렸다. 이상하게 비 오는 날엔 모든 걸 멈추고 가만히 있어도 용서받는 느낌인데, 물방울이 흐르는 창문을 보면서 잠깐 비슷한 기분이 되는 게 좋았다. 대학원 기숙사 1층 방 창문에는 사생활 보호를 위해 시트지가 덧붙어 있었다. 여름밤 창문을 열면 커다란 나방들이 날아와 방충망에 달라붙었기에, 밖이 보이지 않아 답답해도 대체로 창문을 닫고 지내야 했다. 방 앞의 가로등은 밤이 되면 창문을 주황빛으로 물들였고, 가로등 곁 커다란 나무의 잎사귀 그림자가 불투명한 창문 표면에 맺혀 아른거렸다. 바깥 나무의 실루엣만 어렴풋하게 그려 주는 창문 장면을 또 만나고 싶어 매일 밤이 기다려졌다. 잎이 주렁주렁 매달렸던 그림자에서 잎들이 사라지고 나뭇가지만 앙상해질 때까지 그 방에 살았다.

어린 시절을 보낸 고향 집 내 방 침대 머리맡에는 작은 미닫이창이 있었고, 나는 자주 침대 아래쪽으로 머리가 가도록 거꾸로 누워 한참 동안 창문을 바라보았다. 쨍한 하늘에 구름이 둥둥 느리게 떠가는 모습을 오래도록 지켜보면서, 천천히 흐르는 낮이 무척 아름답고 또 몹시 무료하다고 생각했다. 그런 마음으로 그런 장면을 감상하게 될 시간이 앞으로 나의 생에 아주 길게 늘어뜨려져 있음을 직감했던 걸지도 모른다. 지금 사는 방 창문은 길가의 감나무와 키가 얼추 비슷하다. 이 방을 처음 만났을 때 창밖 나무에 달린 감들은 초록이었는데, 점점 붉어지던 감이 얼마 전 모두 떨어졌다. 이제는 머지않아 감나무 가지들 위로 눈송이가 나풀거릴 겨울 창문 풍경을 그려 본다.

제주도에 갈 때마다 들르는 술집은 바다를 향해 한쪽 벽이 전부 열리지 않는 유리 통창으로 되어 있다. 큰 소리로 음악을 감상할 수 있는 대형 스피커가 있고 좌석은 유리창을 향해 일제히 놓였다. 술집에 입장한 손님은 퇴장할 때까지 펼쳐진 바다를 응시하며 공간 가득 채워진 음악을 들었다. 개방의 기능이 상실된 창문은 묵음의 파도를 끊임없이 상영했다. 열지 못하는 유리창은 〈투명한 벽〉이라고 부를 수도 있을 것이다. 그런 투명한 벽으로 둘러싸인 방에 언젠가 살아 보고 싶다. 반대로 만약 닫혀 있을 때 바깥을 내다볼 수 없는 창문을 내 방에 두어야 한다면, 경복궁 집옥재(集玉齋)의 〈만월창(滿月窓)〉 같은 창문을 갖고 싶다. 만월창의 방 안에서 보름달을 기다려 보고 싶기 때문이다. 가득 차오른 동그란 달이 방 앞에 도착했을 때 만월창을 바른 창호지(窓戶紙)는, 촛불이 밝힌 촉롱(燭籠)처럼 환해질 것이다.

창문에 대해서 하고 싶은 말은 영영 끝나지 않을 것 같다.

내 방 창문이 준 선물

학부모 참관 수업이 있던 날이면 교실 아이들은 득달같이 손을 들고 자기 뽐내기에 바빴다. 물론 나는 그런 아이가 아니었다. 그날 집에 돌아왔을 때 근사한 외출 복장도 벗지 않은 엄마가 나를 붙잡고 물어보았다. 너는 왜 창문만 가만히 보고 있어? 창가에 앉은 나는 누군가 까마득히 잊어버린 실과 시간의 양파처럼, 축 늘어져 가만히 시간을 바라보았던 것 같다. 시간을 바라본다는 것이 지금도 이해가 가지는 않지만. 운동장의 모래 생김새, 가끔 뛰어다니는 아이들, 펄럭이는 태극기, 쓸쓸한 조회대, 수돗가에서 대걸레를 빨다가 혼나는 아이들, 그런 것들만 보였을 테지만……. 창문에는 그 밖에도 아른거리는 것들이 있었다. 그것만큼은 확실하다. 그 기억을 떠올리며 첫 시집에 수록한 시에는 〈나는 창문의 취미가 된다〉라는 구절을 적기도 했다. 창문의 취미가 된 나는, 창문에 대한 갈증을 느끼기 시작했다. 집도 방도 내 것이 아니니 창문도 내 것이란 생각이 들지 않았던 게 문제가 아니다. 창문이 없는 방이 기본적인 선택일 수밖에 없었던 대학 시절의 이야기로 돌아가야 한다. 그때 나는 등단을 하고 〈대학생 시인〉이라는 별명이 있었다. 그 말은 꽤나 이상했다. 대학을 졸업하면 시인이 아닐 것처럼. 퍽 불안하고 쓸쓸한 날들 속에서 한 대외 활동의 하나로 인터뷰할 기회가 주어졌었다. 그때 나는 주저 없이 김소연 시인을 만나고 싶었다. 김소연 시인을 좋아하는 사람을 좋아하던 날에 벌어진 일이었지만, 그의 시가 오래된 양파에 물을 주는 것처럼, 갈증을 지워 준 적이 있었다. 물고기 다방에서 만난 김소연 시인은 이런저런 이야기를 하다가 나에게 창문에 관한 이야기를 해주었다. 자신도 창문이 없는 곳에 살 때가 있었는데, 창문이 그려진 엽서 하나를 벽에 붙여 놓았었다고. 그게 창문이 될 순 없었겠지만, 창문이라고 믿으며 견뎌 온 날의 이야기. 그 이야기가 좋았다. 창을 낼 수 없어 종이 한 칸에 인쇄된 이름 모를 창문을 빈 벽에 붙여 놓고 창문으로 믿는 것은 창문이 아닌 것일까? 나는 그 이야기를 오랫

동안 좋아해 왔다. 마치 창문에 아른거리는 게 있는 일처럼 내 삶에 이따금 아른거리던 이야기.

몇몇 집에 살 적에도 창문이 큰 집을 골랐다. 복층 구조의 집이 구조상 가장 큰 창문을 지닌 곳이었다. 특히 눈 내리던 날에는 창밖으로 보이던 유흥가, 그리고 구청 특유의 방식으로 조성된 엉성한 공원도 아름다운 설경이 되어 있었다. 창문 앞에 앉아 수면 양말 신은 발을 꼼지락거리며 따뜻한 것을 마셨다. 그리고 하염없이 그것들을 보았다. 더는 아른거리는 게 없더라도, 개미만 한 사람들, 개미만 한 자동차, 개미만 한 불빛들이 돌아갈 더 좁은 길들을 상상하며, 너무 늦지 않게 창문을 꼭 닫았다.

창문은 내게 연결감을 준다. 동시에 분리감을 선사한다. 연결되어 있지만 혼재되어 있지 않고 나의 실내를 규정하는 좋은 장치 중 하나다. 그것이 내가 꿈꾸는 삶의 문법과도 같다. 가까이 있으나 닿아 있지는 않고, 멀리 있으나 지켜볼 수 있을 정도의 거리감을 만드는 일이 내가 삶을 살아가는 처세술이기 때문이다. 시를 쓰면서 이런 거리감이 삶에 불쑥 끼어들었다는 생각도 든다. 없는 것을 있다고 믿기도 하고, 있는 것을 없애 버리기도 하며 망각과 기억이 서로를 복제하는 난삽한 삶의 수많은 경계 속에서, 창문은 언제나 내게 좋은 건널목이 되었다. 집에서 가장 아픈 곳을 말하라고 한다면 나는 주저 없이 창문을 꼽을 것이다. 지나치게 투명하고, 이미 마음속에서 몇 번씩이나 깨져 버린 자리들. 아른거린 게 많아 애틋한 장소이기도 하니까.

태풍이 온다고 하면 청 테이프를 찢어 X 자로 붙여 놓던 미신 같은 날들에도, 말 걸어오는 이 없어도 쭈뼛거리지 않도록 내게 얼굴의 정면을 내주었던 곁에도, 버스나 기차에서 입김을 내어 난데없이 스마일을 그리는 재간 속에서도 창문이 있었다. 사람처럼, 사람보다 더 사람이었으면 하는 창문이 가까이 있던 날엔 내가 나와 화목하게 지낼 수 있었다. 부끄러움이 많던 날에도, 용서를 구하고 싶은 날에도 일단 창문 앞에 서면 심판을 시작할 수도 있었다. 창문은 내게 그만두게 한 것 없이, 나의 주저앉은 것들을 자주 일으켜 세웠다. 그리고 내가 살아온 반경 속에 몰래 그려 둔 창문들이 여기저기서 열리고 닫히는 것을 본다.

내 방에서 함께 자라난 식물들

방을 필름 카메라로 자꾸 찍어 두는 일은 지난 집에서부터 시작된 취미이다. 언젠가는 떠나가게 될 방의 모습을 필름 사진으로 현상해서 보면, 벌써 과거의 방이 된 것만 같은 기분이 든다. 디지털이 아니라 필름 카메라가 담은 빛의 색감 덕분일 것이다. 과거에 방을 다녀간 빛과 그 빛을 양분 삼아서 여기까지 자라난 시간. 필름은 대체로 찍어 둔 뒤 한참의 시간이 흐른 뒤 현상하기에, 과거의 방은 방의 현재가 어디쯤 와 있는지 새삼 돌아보게 한다. 과거에 비해 커지고 작아진 것들. 방의 시간이 쉼 없이 흘러오고 있다는 사실을 성큼 느끼게 해주는 일등 공신은 화분들이다. 필름 카메라로 찍어 둔 방 사진에 놓인 화분들은 여전히 지금의 방에 있는 것도 또 없는 것도 있고, 다른 사람의 방에서 잘 자라고 있기도 하다.

떡갈고무나무

그 무렵 나의 일과와 생활은 너무 버거웠다. 퇴근하고 방에 돌아오면 씻고 곧장 침대 이불 속으로 들어가 아무것도 하고 싶지 않았다. 나를 꼼짝없이 정지시켜야 회복할 수 있었던 매일의 밤이었다. 나는 정지되어 있었지만 나의 방에서 떡갈고무나무는 새싹을 틔웠다. 겨울이 끝나갈 무렵 그 방으로 이사해 잘 살아 보겠다는 의지에 달궈진 첫 다짐을 담아, 온라인 식물 상점에서 떡갈고무나무를 주문해 창가 책꽂이 위에 올려 뒀었다. 봄이 된 후 나의 다짐은 금방 잊혔다. 그런데 어느 날 퇴근하고 돌아와 방의 불을 켰는데 불빛에 떡갈고무나무의 이파리가 반짝이는 게 문득 보였다. 나 모르게 새순이 돋아나 커지고 있던 것이다. 계절이 바뀌어 봄이 온 걸 어떻게 이 아이가 알아채고 잎을 틔운 것인지, 기특하고 예뻤다. 새로 얼굴을 내민 잎은 다른 잎들보다 부드럽고 반짝거렸다. 새잎은 이렇게 빨리 자라다가 천장에 닿을 만큼 커지면 어쩌지, 싶을 정도로 엄청난 성장세를 보였다. 내가 회복하려고 움직임을 멈춘 밤사이에 떡갈고무나무는 멈춤 없이 더 짙은 초록으로 자라났다. 힘껏 시간을 뚫고 나오는 새 생명을 나날이 지켜보는 마음이, 그 방에서 그 시절 품었던 제일 큰 용기였다.

연필 선인장

처음으로 거실이 있는 방을 구했을 때, 꾸밀 수 있는 거실이 생겼다는 게 무척 좋았다. 소파를 놓기에도 좁은 면적에 창문을 열면 옆 건물이 보이는 거실이었지만, 식탁을 겸하는 작은 원탁 하나와 그 곁에 연필 선인장을 두었다. 이 식물의 원래 이름은 〈파티오라금〉인데 여러 갈래로 뻗어 자라는 줄기 마디들이 마치 연필처럼 길쭉해서 연필 선인장이라는 별명을 가지게 된 것 같다. 마디가 나뉜 줄기들은 저마다 하늘을 향해 자라오르며 작은 잎을 틔운다. 그렇게 줄기는 길어지고 통통해지다가 어느새 또 뾰족한 연필 꼭대기의 형상으로 마디 끝에 새 줄기와 잎이 돋는다. 햇빛을 좋아하는 연필 선인장은 거실 창문으로 들어오는 햇볕을 가득 머금고 자라며 초록에서 점점 핑크빛이 되어 갔다. 공부하고 글 쓰는 일이 직업인 사람으로서, 〈연필〉이라고 불리는 이 선인장을 키워 보지 않을 수 없었다.

스투키

내 방의 나쁜 공기를 좋게 만들어 주는 존재와 방에서 공존하고 있다는 사실을 곰곰이 새겨보면 괜히 미안하고 고마운 기분이 든다. 스투키는 대표적인 공기 정화 식물이라고 한다. 아프리카가 고향인 스투키는 네 번의 해가 바뀌는 동안 내 방에서 여러 새순을 낳았다. 단골 꽃집에서 어느 날 눈에 띄어 방으로 데려와 키운 스투키는 원래 작은 화분에 여섯 줄기뿐이었다. 매해 봄마다 줄기 틈새에서 자꾸 새순이 올라왔다. 처음엔 잎 모양으로 흙을 뚫고 나와서는 시간이 갈수록 동그랗게 통통해지고 단단해졌다. 화분이 비좁아질 정도로 여러 새순이 뿌리를 내렸고 분갈이를 피할 수 없게 되었다. 뿌리가 엉켜 자라고 있었던 커다란 여섯 줄기와 그 틈새의 새순들을 조심스레 분리해 작은 화분에 옮겨 심었다. 새순이 풍년이었던 어느 해엔 SNS에 분양을 원하는 이를 모집한다는 글을 올렸다. 좋아하는 지인이 그의 집으로 새순 몇 뿌리를 데려가 키우기로 했다. 보람 있고 뿌듯했지만 어쩐지 애틋하기도 했다. 좁은 방에서 기른 반려 식물이 안겨 준 마음이 이렇게 커다랄 것이라곤 생각지 못했었다.

나한송

도망치지 않고 다시 잘 해봐야겠다고 마음을 고쳐먹은 날이었다. 갈아타려고 내린 지하철역의 에스컬레이터 앞에서 가판대에 꽃다발들을 판매하고 있었다. 예전엔 각종 건강 서적을 늘어놓고 팔던 곳으로 기억하는데, 연말연시의 분위기를 타고 잠시 꽃을 파는 듯했다. 무심히 그 앞을 지나다가 색색의 꽃다발 사이에 가느다란 초록 잎들이 촘촘히 맺힌 화분을 발견했다. 에스컬레이터를 타고 플랫폼까지 내려갔다가 그 화분이 자꾸 눈에 아른거려, 다시 올라가 화분을 샀다. 〈이름 나한송, 꽃말 프라이드〉라고 적힌 작은 팻말이 꽂혀 있었다. 붐비는 환승 구간에서 오가는 사람들이 일으켜 쌓였을 먼지가 잎마다 소복했다. 집으로 데려와 잎들을 손수건으로 닦아 내고 물을 주어 책상 위에 올려 뒀다. 지금 사는 이 방에 온 첫 식물이다. 책상 앞 창문을 열면 감나무가 보이는 이 방에서 나무를 닮은 식물을 키우고 싶다고 생각해 왔다. 생각에 꼭 맞는 식물, 나한송을 만났다.

나는 가끔 내 방의 식물들에 중얼중얼 말을 건다. 우리가 종(種)은 다르지만 〈생명 공용어〉 같은 게 있으리라 믿는다. 식물의 대답은 〈침묵의 싹틔움〉이다. 표현 방법이 다른 대화가 이어지면서 서로의 숨을 간직한 채, 같은 방에서 어느 시간 동안 나랑 함께 성장했던 나의 룸메이트 식물들.

내 방에서 함께 자라난 식물들

진은영 시인의 시 「가족」은 언제나 내 시간의 앞장에 놓여 있는 작품이다.

밖에선
그토록 빛나고 아름다운 것
집에만 가져가면
꽃들이
화분이

다 죽었다*

* 진은영, 『일곱 개의 단어로 된 사전』(파주: 문학과지성사, 2003), 19면.

죽어 가는 창틀 위 식물들을 보면서 홀로 되뇌었던 시라 외운 적 없이 외우게 되었다. 집이라는 곳의 아늑함을 흠모했지만, 때때로 집은 전쟁터였고, 피난처였으며 벼랑이자 모래시계 속이었다. 가까운 사람들에게서 피폐해지고, 삶의 아수라장을 함께 건너기도 하며, 작은 것에도 기뻐하고, 더 작은 것에는 진동하기도 하는 가족이라는 세계를 생각할 땐, 언제나 손길이 닿지 않아 홀로 말라 가는 화분을 생각한다. 때론 너무 물을 많이 줘서 과한 습도로 이파리가 상해 가는 화분을.

어릴 적 집에는 화분이 꽤 많았던 걸로 기억하는데 엄마의 영역이라 알고 있는 이름이 없다. 특히 집 현관부터 베란다까지 벽을 타고 넝쿨로 자라나는 식물이 있었는데, 처음부터 집에서 자라났다고 생각했던 것인지 별로 대수로이 생각하지 않았다. 지금 생각해 보면 정말 기이하고 어떤 절실한 돌봄 없이는 불가능했던 풍경이었다. 그때의 이미지를 떠올리며 열심히 찾아본 결과 그 식물의 이름은 스킨답서스였다. 우리 고양이가 한입 베어 물고 독성에 고생했던 그 백합과 식물. 엄마의 스킨답서스는 무서운 속도로 자라났던 것 같다. 처음에는 투박한 흰 화분에 담겨 있던 것이 점점 자라나 액자를 감고, 시계가 걸려 있던 벽 못에 걸쳐 서서히 집 벽을 채워 나갔다. 지금 그 의미를 반추해 보자면 엄마의 고독처럼 느껴진다. 집 안의 식물이 번성한다는 것은 돌볼 시간이 많다는 것, 어쩌면 어떤 장면들을 외면해 애써 식물 앞에 서는 괴로운 사람의 몫이라는 것을 헤아리면 그때 그 풍경은 굳이 무어라 하지 않아도 내려앉는 의미가 있다. 그리고 어느 순간 스킨답서스를 모두 치우고 새로운 벽지로 도배를 했을 때 엄마는 미련 없이 화분을 아파트 화단에 내다 버렸다. 집에서는 애지중지 아낌없이 키우던 식물이 화단에 버려졌을 때는 흉물처럼 느껴졌다.

지금은 고양이를 키우고 있어서 집에 화분이 없다. 화분이 없는 집에서 살아간다는 것은 가끔 흑백 사진 속에 있는 기분이 든다. 언젠가 시집을 출간해 받은 올리브나무도 있었고, 이사 오자마자 집 근처 꽃집에 가서 머리를 쓰다듬어 주면 잘 자란다는 벤저민 고무나무도 있었는데 지금은 모두 없다. 빈 화분 속에는 고무줄이나 클립 같은 생활을 꽉 쥐고 있던 것들을 넣어 두었다. 지하철역에 난데없이 놓여 있는 〈시 항아리〉처럼, 그 속에 손을 넣으면 어떤 이야기가 흘러나올 것만 같다. 내가 놓치고 있거나, 그때 손에 쥐지 않고 잠깐 맡겨 두었던 잡동사니를 꺼내게 될 때마다 시는 홀연히 내 삶에 입장하기도 한다는 사실을 깨닫는다. 언제고 그 자리에 있었던 것뿐인데. 사실 난데없는 것은 나다.

요즘에는 고양이가 좋아하는 보리를 심어 두고 이틀은 매일같이 들여다본다. 희동아, 왜 싹이 자라지 않는 걸까? 조금만 더 기다려 볼까? 혼잣말 같은 대화를 나누며 고양이가 누워 있던 자리를 찾아 그곳에 화분을 둔다. 우리 집에서 화분은 정말 뜬금없는 곳에 놓여 있다. 고양이가 누워 있던 자리엔 햇빛이 잘 들기 때문에, 가끔 거실 한가운데에, 소파 옆에, 부엌 찻잔을 두는 선반 위에 있다. 며칠이 지나고 보리 싹이 터 오른 것을 본다. 희동이는 꼬리로 두 발을 감싸고 가만히 지켜보는데, 그 모습을 또 지켜보는 나는 우리가 그렇게 화분 앞에 멎어 있는 풍경을 좋아한다. 캣 그래스라고 부르는 보리 싹은 고양이가 직접 뜯어 먹고 헤어 볼 배출을 하기 위해 구토를 유발하는 식물로 유명하다. 가끔 키가 반쯤 잘려 나간 보리를 보며 열심히 뜯어 먹고 놀았구나 하며 현관 신발장이나 발 매트에 토한 것을 본다. 우리가 화분을 향유하는 방식이기도 하다.

집에 가져온 화분들이 모두 죽어 가는 것을 보면서, 식물 키우기에 소질이 없다고 생각했지만 집은 식물이 살기에 적합하지 않았을 것이다. 집이라는 곳은 그렇다. 식물을 죽일 수 있는 곳이라고 생각하면 척박한 풍경이 따로 없다. 식물은 어떤 사람의 마음을 대신해서, 보기 좋은 은유로 탄생한다. 빗댈 것이 없어 허전한 우리 집에는 빈 화분 속으로 모여드는 생활의 조각들이 있다. 고양이가 없었다면 나는 무성한 식물들을 기르는 데 소질을 닦았을지 모르겠다. 이파리를 마른 헝겊으로 닦고, 영양제를 마른 흙에 푹푹 찔러 주거나 볕 좋은 날 햇빛 샤워를 시켜 주며 스스로 땀을 흘리는, 그러니까 고독을 달래고 어르는 방식을 배우고 싶었을 테니까. 고독이 풍족한 곳에 초록이 많았다. 그렇게 생각하니까 화분 없는 이곳이 척박해 보이기도 하다.

2
다정의 방

밤이 조명을 들추면

밤이 된 방에서는 유독, 빛이 감싸안아 주는 시간 속에서 살아가고 있음을 감각한다. 오로지 나의 둘레만을 호위하는 빛줄기 안으로 들어가 있으면, 점차 지금의 시공간에 밀착해 가라앉는 기분이 된다. 빛은 시간(時間)과 공간(空間)을 동시에 밝힌다. 그러니 시간과 공간을 구성한 글자 〈間〉이 문틈 사이로 새어 들어온 달빛을 형상화한 것은 절묘하다.

어수선함을 캄캄함 쪽으로 애써 밀어 두고 말간 알맹이의 마음을 건져 올려 진정하고 싶어서, 나는 매번 밤의 조명 속에 빠져들고 싶다. 빛으로 가득 차 낱낱의 사물이 저마다 존재감을 드러내는 방 안에서, 무엇으로도 나를 구원해 낼 수 없는 날이 있다. 그런 낮에는 밤이 간곡하다. 나도, 우리도, 캄캄함 속으로 던져 지워 버리고 싶은 것이다. 낮을 등진 밤, 몸은 대부분의 어둠에 맡긴 채 조각일 뿐인 환함 쪽을 향해 바라보고 앉아 있을 때 비로소 무엇이 잘못되었고 무엇이 중요한지 차분히 흑백을 갈라 보게 된다.

시끄러운 사람들 사이에서 강력한 노이즈 캔슬링 기능이 탑재된 헤드셋을 끼고 음악으로 도망칠 때처럼, 조명이 만들어 준 스포트라이트 안에서 나는 마침내 혼자가 되었으니 괜찮다는 안도감을 느낀다. 필요 없는 군더더기를 모두 등져 버린 채로 홀가분하게 알맹이의 마음을 만나는 것이다. 원치 않는 것들을 전부 삭제하는 시간을 갈구하는 건 나를 지키기 위해 행하는 치열한 노력이다. 일종의 명상 같은 것일 테다.

알아듣지도, 말하지도 못하는 언어로 가득한 타국에서 노트북을 펼쳐 황급히 모국어로 말을 쏟아 낼 때도 비슷한 안심과 쾌감을 느끼곤 한다. 노이즈 캔슬링과 스포트라이트가 시공간을 밀폐함으로써 애써 형성해 주는 안도감과 같은 종류의 감정이라고 할 수 있다. 어둠으로, 미지의 세계로, 나를 밀어 넣는 행위에서 말미암은 극단적 평정심인 것이다. 낮이 낳은 밤, 아는 영역으로부터 도망친 낯선 곳에서, 내가 아는 낮을 그저 멀찍이서 어리둥절하게 관조한다.

볼 관(觀), 비출 조(照). 조용한 마음으로 대상의 본질을 바라본다는 뜻이다. 조명이 비춘 자리는 어쩐지 더 각별하다. 박물관의 불 꺼진 전시실에 놓인 낡은 유물들이 조명 아래에서 아우라를 형성하듯이 어둠의 반대편에서 빛은, 비추는 시공간의 밀도를 높인다. 정곡을 비춰 주는 빛줄기를 통해서 시간과 공간은 마침내 구체화하는 것이다. 하루를 보낸 시간과 공간이 밤의 조명으로 인해 만져지고 나면, 나는 그제야 쉬는 기분에 당도한다.

조명은 방 안의 그 자리에서 어두워진 나를 밝히려고 태연히 밤을 기다렸다. 낮이 되었을 때 조명이 스스로 빛을 발하지 못하고, 창을 통해 들어온 햇빛에 기대어 그림자를 드리운 모양새를 보고 있자면 조금 애처롭다. 나와 함께 밤을 간절히 기다리는 사물. 그래서 책상 모서리에 놓인 무드 등과는 우정을 쌓아 온 시간이 길다. 덮개 가운데에 파란색 돌고래 문양이 그려진 등이다. 무드 등이 켜진 방 커튼에는 돌고래의 파란빛이 번진다. 낮 동안 무드 등 덮개 안에 갇혀 있던 푸른 돌고래는, 밤이 되면 바깥으로 튀어 올라 헤엄친다. 덕분에 나는 덩달아 낮보다 나은 밤을 보낼 수 있다.

낮은 어둠을 감추기 위해 밝아야만 하고, 밤은 빛을 들추기 위해 어두워야만 한다. 낮의 햇빛이 창문을 투과해 벽에서 아른거리는 창가 모빌의 그림자, 밤의 책상 스탠드 아래에서 반짝거리는 유리잔의 테두리 같은 것은, 빛과 어둠이 교차하는 장면이다. 낮은 밤의 조명이고 밤은 낮의 그림자인지도 모른다. 상반된 색깔이 대비 구도에 놓였을 때 각자의 아름다움을 절정으로 뽐내는 것처럼 빛과 그림자, 하양과 검정은 서로에 의해 잠깐 아름답게 존재한다. 낮과 밤은 빛과 어둠을 서로에게로 드리우며 기쁨과 슬픔을 실어 나르는 중이다.

벽 너머의 주소

고향에서 보낸 택배가 도착해야 하는 날짜에 오지 않고 행방불명됐던 적이 있다. 다음 날 모르는 번호로 문자 메시지를 받았고 옆 건물 같은 호수에 사는 사람이라고 했다. 그곳으로 나의 택배가 잘못 배달되었는데 다행히도 박스에 적힌 핸드폰 번호로 메시지를 보내온 것이었다. 덕분에 부모님이 정성껏 부쳐 주신 반찬들을 무사히 집으로 데려올 수 있었다. 그 방에서는 주방 창문을 열면 불과 두어 뼘 남짓 떨어져 있는 옆 건물의 방이 훤히 보였다. 몇 년을 살면서 옆 건물 901호에 퇴근 무렵 불이 켜지고, 늦은 밤에 불이 꺼질 때마다 어쩐지 안심이 됐었다. 주말엔 청소기 돌리는 소리와 라면 끓이는 냄새를 공유하기도 했다. 무척 가까운 거리에 살며 의도치 않게 서로의 생활을 가늠해 왔지만 우리는 서로에 대해 아는 게 하나도 없었다.

옆 건물 901호에서 택배를 찾아오면서, 그동안 〈벽(壁)〉을 사이에 두고 무척 가까이 사는 사람과 이웃이라는 감각 없이 내내 살았다는 사실이 새삼스러웠다. 내가 사는 건물 도로명 주소는 〈52-8〉이고 옆 건물은 〈52-6〉이니 두 집의 주소에선 8과 6만 다른 셈이다. 벽들을 세워 올리고 나면 벽이 사방을 둘러 가로막은 구역에는 주소가 생긴다. 어딘가에 제출해야 하는 서류의 인적 사항 칸에 〈서울시〉로 시작하는 주소를 적어 넣을 때면 넓은 서울에서 내가 사는[住] 곳[所], 임시로 빌린 좁은 내 공간의 주소가 낯설게 다가온다. 서울 땅에는 많은 벽이 세워져 있고, 벽과 벽 사이에 너무 많은 사람이 저마다 숫자 몇 개 다른 주소에 살고 있다. 내 집 주소를 소유하고 싶은 마음은 곧 벽에 대한 갈망인지도 모른다. 어린 시절 우산들을 겹쳐서 펼쳐 두고 방공호를 만들어 그 안에 들어가 있으면 특별한 내 공간이 생긴 것처럼 든든했다. 어른이 된 우리는 견고하고 높은 벽으로 둘러싸인 사적 공간, 나만의 주소를 갈구한다.

서울에서 살며 내가 능력껏 돈을 내고 생활할 수 있는 방은 대체로 벽이 가깝게 보이는 방들이었다. 특히나 한 평 남짓이었던 고시원 방의 침대에 누워 있다 보면 사방의 벽과 낮은 천장이 몹시 가까이 놓여 시야를 가로막는 게 문득 생경해지곤 했다. 어릴 땐 성인이 된 내가 이렇게 작은 방에 살게 될 미래를 그려 본 적 없었다. 좁은 면적의 땅 위에 벽과 천장을 세워 촘촘히 만든 위아래, 양옆의 여러 방마다 사람들이 살고 있다는 사실이 때론 기묘하게 느껴졌다. 바깥 세계로부터 단절되어 혼자가 되기 위해 적지 않은 돈을 내고 벽으로 둘러싸인 관 속 같은 방에 들어가 꾸려 가는 매일의 생활은 괜찮을지, 안부를 묻고 싶었다. 왜 홀로 서울에서 열악한 고시원 생활을 꾸역꾸역 선택할 수밖에 없었는지 사연을 직접 전해 들은 적 없으나 왠지 알 것만 같았다. 고향 떠나 타지의 좁다란 방에서 쓸쓸한 얼굴로 흰 바람벽을 쳐다보다가 벽 위로 그리운 어머니와 아내 얼굴을 떠올렸다고 써둔 시인 백석(白石)의 시 앞에서, 그들은 나와 같은 표정을 지으리라 생각했다.

세상과 가로막힌 벽이 코앞에 가깝게 보이는 방에선 우울과 슬픔에 침잠하기 쉽고, 나 역시 그런 시간을 혼자서 많이도 견뎌 왔다. 누워서 왼쪽으로 몸을 돌려도 눈 바로 앞엔 벽, 오른쪽으로 몸을 돌려 봐도 눈 바로 앞엔 벽인 공간. 침대 옆 벽에 드넓게 펼쳐진 초원이나 아득한 바다, 사람들이 여유롭게 거니는 외국의 거리, 훨훨 자유로웠던 여행지의 풍경 등이 담긴 사진들을 붙여 뒀었다. 사진이 붙어 있는 벽 쪽을 바라보며 여기 아닌 다른 주소 어디로든 갈 수 있는 나를 희망하고 상상했다. 그리고 그 벽 너머엔 얼굴과 목소리를 모르는 누군가 역시 같은 벽의 반대편을 바라보며 누워 있으리라 짐작했다. 사방이 벽으로 둘러싸인 방 안에 웅크리고서 저마다의 막막함을 감당하며 밤낮을 살아 내는 중일 사람들을 자주 떠올려 보았다.

고시원은 대체로 조용했다. 소리만으로는 도대체 몇 명이 그 작은 건물에 응축해 살고 있는지 어림잡기 어려울 것이다. 공용 화장실이나 공용 부엌에서 만나도 굳이 소리 내어 살가운 인사말을 나누지 않는 사람들. 그들과는 가깝고도 멀었다. 까마득한 밤을 보낼 때면, 방마다의 그들은 각자의 방에서 무엇을 더듬어 붙잡고 무엇에 기대어 어둠을 이겨 내고 있을지 궁금했다. 벽에 창문을 내어 옆방 사람과 환한 인사를 나눌 수 있었다면 그 시절 우리는 서로의 캄캄함을 도와줄 수 있었을까, 그래서 덜 외로웠을까.

방의 면적과 상태는 고시원 수준이지만 도시형 생활 주택으로 등록된 건물에 살던 때에는 같은 층에 매일 시끄럽게 TV를 켜놓는 방이 있었다. 엘리베이터를 타려면 그 방을 지나가야 했는데, 어느 날 그 방의 문에 포스트잇이 붙어 있는 걸 보았다. TV 소리가 자신의 집까지 시끄럽게 다 들리니 조용히 해달라는 옆집의 호소문이 쓰여 있었다. 층간 소음으로 싸우는 사람들의 흉흉한 이야기가 세상을 떠돌았지만, 철저히 혼자라는 생각으로 방에 파묻혀 있을 때 인접한 다른 방에서 들려오는 인기척이 그리 싫지만은 않았다. 적막으로 숨 막히는 밤, 벽 너머에 사람이 살고 있다는 희미한 기척이 굉장히 반가운 날도 있었다. 사실 그런 원룸 건물에선 벽을 조금만 세게 두드리며 소리쳐도 주변 방에 있는 사람들에게 내 목소리가 들렸을 것이다. 나의 구조 요청에 누군가는 시끄럽다는 포스트잇을 문에 붙이고 갔을 테지만, 선뜻 손 내밀어 나를 구하러 와주는 이웃이 있었을지도 모를 일이다.

대학 시절 몇 개월을 지냈던 학교 후문 앞 고시원 총무가 어느 날 방값을 결제하러 온 나에게 〈말이 마려웠다〉라고 한 적이 있었다. 고시원에 24시간을 상주했던 그 총무의 매우 협소한 사무 공간은 창문 없는 벽으로 둘러 있었다. 그는 머지않아 총무를 그만두고 나갔다. 총무가 갑자기 사라진 것은 하나도 이상하지 않았다. 말이 마렵다던 그의 말은 아마도 구조 요청이었으리라. 육면체(六面體)의 내 방이 윗방 사람의 바닥, 아랫방 사람의 지붕이 되어 주면서 은연중에 서로를 받쳐 주고 덮어 주며 살고 있는데도, 개개인의 벽 안에 갇혀 외로움으로 절규한다는 게 곰곰이 생각해 보면 심히 괴상했다.

창문을 열고 서로 손을 내밀면 맞잡을 수 있을 만큼 가까운 옆 건물 〈52-6 901호〉에 고향에서 올라온 반찬 택배를 찾으러 가서 고맙다는 쪽지를 붙인 쿠키를 두고 왔다. 벽 너머 이웃의 존재가 나에게 깊은 반가움과 고마움으로 닿았던 것처럼, 그 집에 사는 사람에게도 온기 어린 인기척을 전하고 싶었다. 경계하며 살아가는 생활 방식에 조금 지친 것 같다. 누가 갑자기 우리 집 문을 똑똑 두드려도 나쁜 사람일까 봐 심장이 두근거리지 않았으면 좋겠다. 아무라도 용기 내어 먼저 큰 소리로 안녕하세요, 반갑습니다, 잘 지내시나요, 하고 인사를 건네고 나면 그때부터 우리 동네 사람들은 모두 종종 안부를 나누는 이웃으로 지내기 시작했으면 좋겠다. 반찬을 너무 많이 만든 날엔 옆집에 사는 사람에게 흔쾌히 나누어 줄 수 있었으면 좋겠다. 바깥에서 사람들이 모여 이야기 나누는 소리가 들리면 하나둘 창문이 열리고, 여기저기서 고개를 내밀곤 한마디씩 거들다가 자연스레 한바탕 수다의 장이 벌어졌으면 좋겠다.

손님이 떠나고

나는 세상에서 제일 약한 사람까지는 아니더라도, 그 동네에서는 제일 잘 우는 사람이었을지 모른다. 어떤 시절에는 울 일이 많다. 그런 시절이 또 왔구나, 하고 알아채자 머릿속이 점점 더 캄캄해졌다. 이불을 덮고 누워 웅크렸다. 웅크린 채로 너무 오래 있었다. 나를 좀 도와줘, 하고 메시지를 보냈다. 처음 있는 일이었다. 엉망으로 울고 나서 못나게 된 모습의 나를 보여 주는 부끄러움을 무릅쓰고, 그런 나에게로 와 도와 달라고 먼저 손을 뻗은 것은. 겨우 손가락에 조금의 힘을 주어 핸드폰 화면을 두드리는데 손가락 끝이 아팠다. 메시지 전송 버튼을 누르자마자 핸드폰을 뒤집어 두고는, 다시 목 끝까지 이불을 끌어 덮고 새우처럼 모로 누웠다. 또 암흑. 머릿속 가득 어둡고 퍽퍽한 나쁜 물질이 채워져 있는 것만 같았다. 무겁게 굳은 머리를 들고 일어날 수 없었다.

초인종이 울렸다. 그때까지 그 방으로 찾아와 주었던 사람은 없었기에 초인종의 멜로디도 처음 들어 보았다. 다급한 초대에 눈곱도 떼지 못하고 차가운 겨울 공기 냄새를 얼굴 잔뜩 묻힌 채 달려와 문밖에 서 있는 사람, 내 방의 첫 손님. 혼자 사는 방에는 불청객도 잘 찾아와 주지 않는다. 가스 검침원이 문을 두드리거나, 한밤에 술 취한 이가 자신의 집인 줄 알고 번호 키를 몇 번 잘못 누르다가 돌아간 일은 있었지만. 정식으로 초인종을 누르고, 〈나야, 나 왔어〉라고 말하는 손님은 처음이었다.

가족들과 함께 살던 어릴 땐 집으로 손님들이 놀러 오는 게 좋았다. 나의 손님이 아니라 엄마의 손님들이었다. 〈키가 무척 컸네, 학교는 재미있니?〉 그런 말을 듣고 적절히 답해야 하는 건 싫었지만, 집 안을 가득 채운 생활의 공기가 손님으로 인해 한 차례 환기되는 게 좋았다. 누구네 집에 초대받아 놀러 갔을 때 그 집에 들어서자마자 물씬 풍겨 오는 냄새나 분위기는 그 집에 사는 사람의 생활이 켜켜이 쌓여 만들어진 것이다. 내 집에 배어 있는 내 집만의 공기 냄새가 견딜 수 없을 만큼 무료하고 갑갑하게 느껴지는 순간이 주기적으로 찾아오는데, 돌이켜 보면 아주 어렸을 때부터 그랬다. 그런데 손님이 입장하는 순간 그 익숙한 공기의 냄새와 결에 균열이 생겼고, 그럼 내가 굳이 애써 집 바깥으로 나가지 않고도 잠깐 집은 다른 공간이 된 것 같았다.

내 방문을 닫고 들어와 거실의 식탁에서 엄마와 엄마 친구가 나누는 대화 소리를 엿듣곤 했다. 남편과 시댁 이야기, 애들 학교 담임 선생님 이야기, 생활비 이야기, 동네 누구네 집 이야기. 그런 대화의 사이에 혹여 나에 관한 이야기도 오간다면 놓치지 않기 위해 귀를 거실 쪽으로 크게 열어 두었다. 그때 내가 궁금했던 것은 이런 것이다. 〈나를 사랑하는 엄마도 내가 힘들겠지? 엄마를 사랑하는 나도 종종 엄마가 힘든 것처럼.〉

집에 같이 사는 우리는 서로에게 손님이 아니다. 우리는 가족이다. 같이 밥을 먹고 잠을 자고 일어나 같은 비누로 몸을 씻고 어딘가로 나갔다가도 다시 여기로 돌아와 집의 시간을 나누어 살아가는 존재, 우리는 가족이다. 아침에 출근했던 아빠가 저녁에 퇴근해 문을 열고 들어와도, 아빠가 이 집의 공기에 어떤 신선한 균열을 일으키진 않는다. 이미 집에 깊숙하게 스며 있는 아빠 냄새와 아빠의 기억에 한 겹을

더할 뿐이다.

스무 살 때 집을 떠난 이후로, 나는 손님처럼 가끔 그 집에 갔다. 내 방은 여전히 그곳에 있었는데, 더 이상 나는 내 방으로 들어가 문을 닫고 거실의 소리를 엿듣지 않았다. 엄마의 손님이 되어 엄마가 차려 둔 밥을 식탁에 앉아 먹었다. 아빠는 나를 보며 자꾸 〈서울 사람 다 됐네, 우리 딸 서울 사람 같네!〉 그런 말을 했다. 서울 사람 다 된 나한테서는 아마 다른 냄새가 났나 보다. 두 분이 살게 된 그 집의 공기에 내가 균열을 일으켰을 것이다. 엄마와 아빠는 둘만 있던 집에 찾아온 나라는 손님을 진심으로 반기며 좋아했다.

내가 손님이 되어 지인의 집에 가는 것보다 지인이 손님으로 우리 집에 오는 걸 더 선호해 왔다. 이는 누군가에게 작게나마 폐를 끼치고 나면 곧장 갚을 방도를 생각하느라 아득해지는 성격에 기인한다. 그래서 내 방에 놀러 온 손님이 편하게 앉고 눕고 먹는 모습을 보면 신기하고 부러웠다. 누군가에게 미안한 일을 만들고 싶지 않고 상대를 불편하게 하고 싶지 않은 건 결국, 그로부터 실 한 오라기만큼이라도 미움받는 것이 두렵기 때문이다. 이런 성격은 타고났다기보다는 어렸을 때부터 켜켜이 형성되어 온 것이다.

초등학교 4학년 때 옆 반에 놀러 갔다가, 그 반의 어느 책상 귀퉁이에 〈최다정 싫어〉라고 작게 적힌 낙서를 우연히 발견했었다. 나 모르게 어떤 이는 나를 싫어할 수 있다는 사실이 어린 마음에 크나큰 파동을 일으켰다. 낙서를 떠올리면 불안감이 피어올랐고 자꾸 아랫입술을 깨물게 됐다. 나는 스스로가 좀 미워졌다. 타인으로부터 미움받는 이유가 나에게 있다고 생각해 버리게 된 것이다. 성인이 되고 난 이후로 불안의 근원을 돌이켜 짚어 가다 보면, 그 뿌리의 끝자락에서는 책상 귀퉁이의 낙서를 마주하는 장면이 상영되고 있다.

엉엉 울고 나서 부은 눈과 헝클어진 머리카락, 두서없이 내뱉는 말, 상대방이 원하지 않는 모양으로 내비치는 마음. 그런 나의 못난 조각들로 인해 내 곁의 사람이 나를 미워하게 될까 봐 초조하다. 내가 어떤 표정으로 엉엉 울어도, 어떤 모습으로 존재해도, 안아 주고 덮어 줄 수 있는 사람을 언제나 상상했다. 그것은 상상 속에서나 있는 일이었다. 그러니까 내가 먼저 지금 당장 나에게로 와서 나를 도와 달라고 말한 것은 두려움의 울타리 밖으로 걸어 나가서 뱉은 몹시 뜻밖의 요청이었다.

아빠는 어렸을 때 내가 울면, 울지 말라고 했다. 그런 아빠가 약속했다. 〈나도 울고 싶지 않은데 눈물이 자꾸 나는 걸 어떡하라고!〉 이렇게 큰 소리로 반박하고 싶었는데, 그러지 못하고 점점 소리를 죽이며 눈물을 닦았다. 아빠는 우는 걸 싫어했다. 아이가 시끄럽게 우는 걸 싫어하는 어른이 나쁘다고 생각했다. 그러나 조용하고 착한 아이를 바라는 어른들에게 나는 대체로 그런 아이가 되어 주었다. 내가 원래 조용하고 착한 사람인 게 아니라, 나도 무척 애썼다는 사실을 성인이 되고 나서 깨달았다.

나는 언제나 조금씩 참았다. 누군가가 나를 싫어하게 되어서 발생하는 불편함과 마주하는 것보다, 내가 잠깐 참는 쪽이 더 간편하다고 여겼다. 그래서 누군가와 함께 사는 집에서는 나다울 수 없으리라 내심 확고히 생각해 왔고, 혼자의 집을 열렬히 꿈꾸며 학창 시절을 보냈다. 표정 없이 존재해도 되는 나만의 공간에서 눈물이 다 마를 때까지 엉엉 울고 싶었다.

울고 싶어지면 혼자의 동굴을 찾아 그곳에서 웅크리는 건, 어렸던 내가 일찌감치 만들어 둔 규칙 같은 것이다. 〈아무도 이해해 주지 못할 것 같은 슬픔의 전조 증상을 느끼면, 최대한 주변 사람들에게 티를 내지 않고 나의 방으로 도피할 것. 그 방에서 나의 슬픔을 다 해결하겠다는 다짐으로 누구에게도 들키고 싶지 않은 시간을 충분히 보낼 것.〉 이런 규칙을 세우고 또 실행해 온 역사가 길어졌다.

자신의 자취방에 놀러 오라고 초대장을 보내온 친구의 메시지에 오래도록 답장하지 못하고 있다. 딸 보고 싶다는 엄마의 전화를 받고 고향 집으로 가는 기차표를 예매해 두었지만 이내 취소해 버렸다. 나의 괜찮은 모습을 곁의 사람들에게 보여 줄 수 있을 때만 나는 기꺼이 손님이 되었다. 언젠가부터 고향 집에 손님처럼 가게 된 것도 마찬가지의 이유에서다. 친한 사람들에게는 자꾸 나를 들킨다. 숨기고 싶은 나, 잠깐 잊고 싶은 나를 망토 안에 꽁꽁 싸매 숨겨 둔 채 단단한 결심을 해두어도, 막상 그들 앞에 서면 무장 해제가 되어 버려 망토 안의 내가 틈새를 비집고 나와 버린다.

그런 만남의 여운은 좋지가 않다. 숨기는 것이 나를 지키는 데에 도움이 되는 일이라면 숨겨야 한다는 걸 경험으로 배웠다. 내가 최상의 컨디션으로 누군가에게 좋은 영향을 끼칠 수 있을 때가 아니면, 타인과의 만남을 최대한 미루는 것이 나를 지키는 일종의 규칙이니까. 이런 나에게 〈너는 이기적이야〉라고 대놓고 서운함을 쏟아 내는 사람이 있었다. 나는 그 말 앞에서 몸이 굳어 한참을 울 수밖에 없었다. 이런 식으로 말고, 어떻게 나를 지키며 살 수 있는지 나는 모르기에 그 말은 영영 굳은 채로 거기에 두고 떠나와야 했다. 혼자서도 무사히 잘 지낼 수 있어야, 사랑하는 사람들과 사랑을 나눌 수 있다는 믿음엔 흔들림이 없다.

손님이 다녀갔고, 나는 다시 혼자의 방에 남았다.

자취의 의미

여기에서 영원히 살 것도 아니면서 마치 그럴 것처럼, 전기 밥솥을 사고 밥그릇과 수저, 각종 양념류도 갖춰 두었다. 지금 나는 독일 뮌헨의 외곽 지역에 있는 작은 마을에 와 있다. 이 마을에 난생처음 와보았는데 이상하게 한국의 자취방에서보다 이곳의 방에서 더 잘 먹고 잘 잔다. 이 방을 만나 여기서 영원히 살 것처럼 살아 보려고 뮌헨에 오게 된 건지도 모르겠다고 자주 생각한다.

새로운 언어를 배우고 나면 새로운 세계의 문이 열린다는 걸 알게 된 뒤로 언어를 배우는 일에 서슴없이 도전한다. 독일어를 배워야겠다는 생각이 든 것도 그런 이유에서다. 독일어를 한국에서 공부할 수도 있지만 굳이 뮌헨으로 떠나와야겠다고 결심했다. 사실은 떠날 이유가 필요했는데 마침 적절한 핑계가 떠오른 것일 수도 있다. 결심이 흔들리기 전에 독일어 학당의 수업 신청서를 내고 열흘 뒤에 출발하는 뮌헨행 비행기를 결제해 버렸다. 중요한 결정을 매번 이런 식으로 갑자기 내리는 스스로가 버거울 때도 있지만 일단 결정하고 나야지만 그것이 나에게 필요하고 좋은 것인지 혹은 무리였는지 판별이 난다. 이렇게 멋대로 결정하고 별안간 다른 세상에 혼자 덩그러니 놓이는 사람이 된 것은, 오래도록 혼자의 생활을 운영하며 길러 온 겁 없는 자립심에 기인한 것일 테다. 감당해야 하는 건 오직 나의 기분뿐이었기에, 기분을 가누기 위해 떠나야 한다면 당장 떠나면서 살아왔다.

나 자신만 먹여 살리면 되는 삶, 나만 책임지면 되는 삶을 벌써 꽤 긴 시간 꾸려 온 것이다. 혼자 사는 생활이 망가지는 시점은 먹는 일에 소홀할 때부터라는 걸 오랜 자취 생활 끝에 배웠다. 나에게 좋은 걸 정갈히 차려서 먹이는 건 노력이 필요한 일이지만, 여러 형태의 방을 전전하는 동안 먹는 것을 통해 지켜낼 수 있는 생활의 영역이 얼마나 큰지 깨닫게 된 것이다. 배낭 하나에 짐들을 구겨 넣어 훌훌 떠나온 뮌헨에서 결국 전기밥솥과 식기류를 구매하게 된 것도, 어느새 이 여행이 생활의 모양을 닮게 되었기 때문이다. 여행비가 빠듯했던 예전의 배낭여행에선 대체로 제일 저렴한 빵으로 끼니를 때웠다. 그래도 여행할 수 있다는 것만으로 감사하고 좋았다. 이번에도 그런 식으로 대충 먹고 살 요량으로 떠나왔다. 그런데 며칠 지내보니 욕심이 생겼다. 난생 처음 와본 뮌헨 귀퉁이 마을의 방이 몹시 마음에 든 것이다. 살면서 한 번도 그려 보지 않았던 뜻밖의 동네에서 매일 노을을 바라보며 하루를 닫고, 새소리를 들으며 깨어나는 날들이 쌓이면서 뮌헨의 이 방이 점점 내 방 같아졌다. 이 방에서 생활한다는 감각이 더욱 짙어지도록 밥을 지어 먹고 싶어졌다.

아무것도 없는 이국땅에서 갑자기 밥을 해 먹어야 하는 상황이 조금 재미있기도 했다. 조리 도구는 여기서 구한 작은 전기밥솥뿐이기에 밥솥으로 만들 수 있는 요리 아이디어를 끼니마다 고심했다. 아시안 마트에서 산 쌀과 간장, 참기름 등의 식료품을 기본으로 삼아 독일 마트에서 산 채소와 육류를 손질해 모조리 밥통에 넣고 익혔다. 소시지 마늘 부추밥, 돼지고기 당근 카레밥, 버섯 참기름 간장밥 등 다양한 메뉴를 고안해 냈다. 압력솥이 아니라서 조리에 시간이 더 오래 걸리는데 기다림 끝에 완성된 밥을 꿀맛으로 먹으면서 무척 행복했다. 한국에서 이렇게 먹었다면 다소 아쉬운 끼니였을 테지만 여기선 갓 지은 밥에 간장과 참기름만 비벼 먹어도 무척 만족스러운 한 끼가 되었다. 내가 머무는 방엔 냉장고가 없어서 어학당 다녀오는 길에 마트에서 두 끼 먹을 분량의 재료를 사다가 점심을 해 먹고, 곧장 남은 재료로 저녁밥을 밥솥에 지어 둔다. 원래 나는 주어진 숙제나 생산적인 무언가를 하지 않고 흘려보내는 시간 끝에 몹시 죄책감에 휩싸이는 사람이다. 그런데 여기 뮌헨의 방에선 오늘 하루 밥을 잘 챙겨 먹었다는 사실만으로 생활에 뿌듯함을 느낀다. 이 사실이 정말로 좋다.

여기로 떠나올 무렵 나를 먹여 살리는 일이 좀 고단했다. 스스로 자(自), 밥 지을 취(炊). 자취의 뜻이 〈스스로에게 밥 지어 먹이는 것〉이라는 사실을 감각하면 그동안의 자취 생활이 새삼스럽게 다가온다. 혼자에게 밥 지어 먹이는 생활을 꾸려 가는 행위 자체가 설렌 시절도 있었고, 언젠가부턴 그런 나날이 몹시 권태로워졌다. 부엌이 꽤 넓고 식탁이 있었던 집의 월세가 오르면서 최근 다시 부엌과 식탁이 없는 방으로 이사한 뒤로, 밥을 해 먹는 일에 흥미가 줄었다. 스무 살에 자취 생활을 시작한 이후로 어엿한 부엌과 식탁을 가졌던 적보다 방 안에 간이 조리대만 갖춘 단칸방에 산 적이 더 많지만, 부엌과 식탁의 유무 여부는 생활의 만족도에 큰 영향을 끼쳤다. 강남 재수 학원 앞, 강남이라는 이유로 터무니없이 비쌌던 여성 전용 고시원 방에서 나의 첫 자취 생활이 시작되었다. 그 방을 돌이켜 보면 아침마다 잠을 깨웠던 근처 공사장 소리가 먼저 떠오른다. 고향의 내 방에선 대체로 엄마의 밥 짓는 기척에 눈을 떴었다. 밥솥에 밥이 있고 냉장고를 열면 반찬 통들이 놓인 집에서 스무 해를 살았다. 그러다 덜컥 혼자 살게 된 서울 방엔 먹을 게 없다는 사실이 이상했다. 주거 공간에서 온기 어린 음식이 생략되면 생활이 얼마나 삭막해지는지를 절감했다.

이십 대를 보낸 방들은 고시원이나 기숙사였고, 방에는 작은 냉장고만 두고 공용 부엌을 써야 하는 경우가 대부분이었다. 주식은 김밥이나 샌드위치, 학생 식당 밥이었지만 그런 음식들로 허기가 채워지지 않으면 방에서 작은 밥솥에 밥을 지어 김에만 싸 먹어도 한결 배가 채워졌다. 이십 대엔 잘 해내야 하는 일이 생활 전체를 지배했다. 일이 잘 풀리지 않으면 제일 먼저 끼니부터 소홀히 했다. 스트레스를 받은 날엔 일과를 마치 집으로 돌아오는 길 편의점에 들러 산 각종 과자와 맥주로 저녁을 대신했다. 몸에 나쁜 걸 나에게 먹이는 작은 자해라도 행해야만 어려운 하루하루가

덜 억울할 것 같았다. 엄마가 전화를 걸어와 밥은 먹었냐 물으면, 먹었다고 거짓말을 하곤 했다. 혼자였기에 손쉽게 나를 망가뜨릴 수도 있었다. 서울에서 혼자 산다는 것이 자주 낯설고 서러웠다. 어리고 어리둥절했기에 그런 방에서 그런 날들을 살아 낸 것 같다.

요새도 마음이 힘들어 몸에게 이상한 것을 먹이는 날이 있지만, 이젠 그런 마음에 놓여도 안 좋은 상태 속에 오래도록 나를 내버려두진 않는다. 밥을 잘 차려서 먹는 행위에 기꺼이 쏟을 여력이 마땅치 않았던, 밥보다 중요한 것이 너무 많았던 시절을 건너서, 밥도 중요하다는 걸 절실히 알게 된 지금에 도착했다. 지금 살고 있는 시간, 지금 하고 있는 경험이 꼭 나에게 생산적인 의미로 각인되지 않아도 괜찮았으면 좋겠다. 뮌헨의 내 방에서처럼 매일 밥을 잘 챙겨 먹는 생활만으로 충분한 삶이라 만족하는 사람이 되고 싶다.

옛사람들은 인생이 꽃피고 시드는 것이 한 번 밥 짓는 순간처럼 덧없고 부질없다며 〈일취지몽(一炊之夢)〉이라는 말을 하곤 했다. 당(唐)나라 노생(盧生)의 일화에서 온 말이다. 노생은 조(趙)나라의 어느 주막에 들렀을 때 도사 여옹(呂翁)에게서 베개를 얻어 베고 잠이 들었다. 그는 여생 내내 부귀영화를 누리며 여든 살까지 장수하는 꿈을 꾸었는데,

잠에서 깨어 보니 주막의 주인이 짓고 있던 좁쌀밥이 아직 익지도 않을 만큼 잠깐의 시간이 지났을 뿐이었다고 한다. 매일 밥 지어 먹는 짧은 시간이 모여 인생을 이루니, 자취의 역사가 곧 인생 그 자체라고 할 수도 있을 것이다.

요즘 나에게 밥을 잘 지어 먹이고 있는지 돌아보는 건 지금의 평화를 가늠하는 제일 정확한 척도인지도 모른다. 뮌헨의 방에서는 잘 먹고 잘 자는 일에만 몰두하는 중이다. 컨디션이 좋지 않으면 그냥 쉰다. 나의 심신 기분보다 중요한 것이 없는 이런 생활이 얼마나 귀한지 알기에 흘러가는 시간이 아깝다. 영영 이렇게 살 수는 없을까. 나 혼자서 좋고 안전하게 있다는 사실에 자주 죄책감을 느끼기도 한다. 쓸쓸해질 것 같으면 뜨거운 밥을 지어 먹는다. 마트에서 눈에 띈 굴라시 가루랑 할인하는 고기를 사서 밥솥에 다 넣고 익혔는데 정말 맛있었다. 안전한 시간이 너무 빨리 흐르고 있다.

장(欌)에 숨겨 둔 사랑

친구를 만났다가 갑자기 내 자취방으로 함께 오게 되었다. 바깥에서 3분만 기다려 달라 부탁하고 먼저 방에 들어와서는 널브러져 있는 잠옷을 옷장에 마구 집어넣고, 책상에 너저분히 펼쳐 둔 책 중 몇 권을 책장에 꽂아 두었다. 부엌 조리대에 올려 뒀던 잡동사니들도 황급히 찬장의 원래 있던 제자리로 옮겨 넣어 뒀다. 누군가에게 들키고 싶지 않은, 숨겨서 지켜주어야 하는 내 조각들. 버릴 수는 없지만, 버리고 싶지는 않지만 눈앞에서 보이지 않도록 감추고 싶은 물건들. 방에는 그런 걸 넣어 둘 곳이 필요하고, 그래서 크고 작은 장(欌)을 방에 두는 것일 테다.

어렸을 때 우리 집 안방 한쪽 벽면을 모두 차지했던 커다란 장롱 속을 떠올리면 이내 아득해진다. 그 안엔 도대체 뭐가 그리 많이도 들어가 있었는지. 네 식구의 옷과 각종 잡동사니가 꾸역꾸역 빼곡하게 들어차 있었다. 가장 깊숙한 곳 어딘가에 잠자코 있을 어떤 스웨터가 갑자기 입고 싶어지면 손을 넣어 더듬다가 이내 앞에 놓인 물건들을 다 뒤집어엎어야 했다. 그중엔 아빠가 결혼 전에 쓰던 타자기, 엄마가 직장 생활을 하던 시절에 샀다던 팝송 카세트테이프 뭉치, 나와 동생이 닳도록 가지고 놀았던 인형과 로봇 같은 뜻밖의 물건도 섞여 있었다. 우리 남매가 태어나 자라난 시간, 젊었던 아빠와 엄마가 우리를 키운 시간이 그 장롱 속에서 잠자코 있었다.

그 장롱에서 나의 최근 짐만을 빼내어 떠나왔다. 서울에 살면서 종종 그 장롱 혹은 그 집의 내 방 서랍장에 두고 온 물건이 불현듯 떠오르는 적도 있었지만, 생각 끝에 그 물건은 지금의 생활에 꼭 필요치 않은 것으로 결론짓게 됐다. 당장 없어도 사는 데에 지장 없는 물건, 안 보이는 구석에 잠재워 두는 편이 어쩌면 생활의 기분에 더 도움 될지도 모르는 물건. 혼자 여러 방을 이사 다니는 동안 내 짐은 줄곧 커다란 택배 박스 서너 개 분량일 뿐이었다. 짐이 별로 없는 사람이 멋있다고 생각했다. 단출한 사람이 되고 싶었다. 여기에 잠시 머물렀다가 미련 없이 또 어디로든 날아가 버릴 사람처럼, 꼭 필요한 물건만을 데리고 다니는 사람. 한 달 동안 배낭 하나만 메고 다녔던 겨울 여행에서 숙소 옷장에 매일 똑같은 점퍼, 똑같은 티셔츠를 걸어 둘 때마다 기분이 좋았다. 내 몸에 잘 맞아 편안한 옷 한 벌, 신발 한 켤레, 가방 하나면 충분했다. 옷장 앞에 잠시 서서, 오늘 하루도 이것들을 입고 신고 메고서 덕분에 무사히 세상을 잘 구경했구나, 내일도 잘 부탁한다고 나지막이 읊조리며 감사한 심정이 되었다.

여행 아닌 현실의 내 방 옷장, 찬장, 서랍장은 주기적으로 가벼워짐과 무거워짐을 오간다. 나는 가차 없이 잘 버린다. 며칠을 앓고 누워 있다가, 한껏 웅크릴 만큼 웅크렸구나 싶어져 벌떡 일어나서는 부엌 서랍에서 쓰레기봉투를 꺼내 힘차게 펼친다. 그러고 나선 방 구석구석에 버릴 만한 것들을 속속 찾아내 모질게 쓰레기봉투에 넣어 버린다. 무슨 이유에서든 이제는 못 쓰게 된, 못 쓰게 되었는데도 버릴지 말지 고민하던 물건들로 어느새 봉투는 한가득 채워진다. 그러고는 버린 물건에 대한 기억이 한 톨도 새어 나오지 않도록 미어터지는 봉투의 양 손잡이를 끌어모아 꽁꽁 묶어 둔다. 얼른 외출복으로 갈아입고는 집 밖으로 나가 쓰레기장에 곧장 쓰레기봉투를 버리고 어디든 좀 걷고 나면, 내 생활 반경은 어쩐지 숨긴 것 없이 한결 투명해지고 가벼워진 느낌이 든다. 버려야 살 수 있는 사람이다. 안 좋은 추억이 담긴 물건에 나는 너그럽지 못하다. 모질게 버리고 나서는 흠칫 후회가 밀려들어 다시 쓰레기장의 봉투를 열어 되찾아와야 할 것 같은 기분이 들기도 하지만, 아직 그런 적은 한 번도 없었다.

여러 번의 모진 버림과 정리 끝에 지금껏 몇 년째 나의 장들 안에서 동행하고 있는 물건들도 있다. 부엌 찬장의 1층 제일 앞줄에 놓아둔 각양각색의 컵과 접시가 그렇다. 그 컵들과 접시들은 내가 좋아하는 기억과 면모, 좋아하는 사람에 대한 마음을 머금고 있는 것들이 대부분이다. 종종 방에 놀러 온 친구를 의자에 편히 앉아 있으라 하고 부엌으로 가서 찬장을 열어 컵과 접시를 고른다. 혼자 살면서 사 모은 식기들은 모두 짝 없이 하나뿐인 것들이었다. 언제 어디에서 샀는지 혹은 누구에게 어떤 기분으로 선물받았는지 다 기억이 나는 컵과 접시. 그중 오늘의 친구와 어울리는 색깔과 모양을 지닌 걸 골라 음료와 간식거리를 담아 친구에게 내어 준다. 누군가에게 꺼내어 보여 주고 싶은, 나누면서 기쁨을 덧대는 내 조각들이다.

들키고 싶지 않은 걸 숨겨 두고 보여 주고 싶은 모습만 꺼내어 보이는 것은 내가 나를 지키는 일종의 방식이라고 생각한다. 만나서 함께 시간을 보내면 마냥 기분이 좋고 기쁨의 여운만을 남기는 사람은 대체로 내가 좋아하는 내 모습을 끌어내 주는 사람이다. 제일 친한 친구는 나의 모난 구석보다 반짝이는 구석을 더 많이 말해 주고 북돋아 내가 자신을 스스로 아끼도록 돕는다. 그런데 정작 일상의 생활을 나누는 가족과는 그렇게 적당히 숨겨 주고 지켜주는 것이 쉽지 않다. 나의 장롱 속에 무엇이 숨겨져 있는지 일거수일투족을 훤히 다 알고 있는 사람을 대하는 것이 아직 나에겐 숙제처럼 여겨진다. 그들 앞에서 느끼는 헐벗은 듯 부끄럽고 싫은 감정을 어떻게 잘 가누며 그들과 조화롭게 공존하며 생활할 수 있는지 잘 모르겠다. 내가 원하지 않을 때 허락도 없이 나의 장롱 안에서 무언갈 꺼내어 버리는 가까운 사람들. 그들은 나를 정말로 사랑한다고 말하지만, 그럴 때마다 그들의 사랑에 의구심을 품게 된다. 그것이 순정한 사랑일지라도 나에게 도움이 되는 사랑은 아닐 수도 있으니까 말이다.

내가 보기 어려워하는 것, 보고 싶지 않은 것을 나의 눈과 마음이 발견하지 못하도록 대신 그걸 장롱 안 제일 깊숙한 곳에 숨기고 빗장을 걸어 두는 사랑, 그런 사랑이 나에게 필요한 사랑일까. 아니면 내가 지레 겁먹어 피하는 걸지도 모른다면서 두려움을 무릅써 마주하고 이겨 내라며 장롱 속 아픈 조각보들을 굳이 꺼내어 눈앞에 가져다 놓는 사랑, 그런 사랑이 나에게 필요한 사랑일까. 어떤 사랑 안에서 나는 더 괜찮은 내가 될 수 있을까. 나 역시 은연중에 사람들의 장롱 문을 벌컥 열어젖혀 그들을 곤란하게 만든 적이 있었을 것이다.

사이 글
다정의 방을 떠올리며

다정은 방과 가장 잘 어울리는 사람. 집보다 방, 방 안에서도 방을 만드는 사람. 방 안에서 깊고 융숭한 세계를 짓는 사람. 언젠가 줌 화면을 통해 본 다정의 방은 책탑으로 가득 둘러싸인 방 안의 모습이었어요. 그 풍경은 막 쓰러질 참이었던 제 뒤 풍경을 계속해서 돌아보게 만들었지요. 창문 하나로 나 있는 풍경을 자주 들여다보고, 그곳에서 들려주는 햇빛 이야기, 햇빛 속삭임에 귀를 기울이는 사람. 그리하여 창밖 풍경을 통해 자신의 내부를 완성하는 사람. 그래서 단단하고, 이따금 자주 짓무르기도 하는 사람. 그 깊이를 알고 있어서 어디론가 자꾸 훌쩍 떠나기도 하는 사람.

엽서는 자주 써보았지만 이렇게 책을 통해 편지를 하는

것은 참으로 어색한 일이에요. 시간이 지나도 변하지 않을 이야기를 써야겠다는 저의 욕심 때문일지도 모르겠어요. 회사 앞에 자주 찾아와 주었던 다정은 어느 날 회사 근처 작은 놀이터에 심긴 모과나무 한 그루를 보여 주었어요. 시인님! 이것 좀 보세요! 모과나무가 여기에 있는 거 아셨어요? 아니요? 저는 흐린 눈을 떠서 밤중에도 환하게 열매를 맺은 모과나무를 보았습니다. 여기를 매번 지나는데도 나는 왜 몰랐을까? 이 동네가 익숙하지 않은 다정에게 이 모과나무가 눈에 띈 이유는 무엇일까? 그때부터 창밖을 하염없이 내려다보는 다정의 턱을 괸 모습, 환기되는 장면을 이따금 상상하며 힘을 내기도 했답니다. 우리가 그 나무보다 키가 한참 모자라 팔을 높게 들어 사진을 찍을 때 까치발을 함께 들어야만 했다는 사실도요.

혼자서 가위를 들고 긴 머리를 단발머리로 싹둑 자른다 해도, 어느 날 갑자기 독일 뮌헨으로 떠나게 되었다고 폭탄 선언을 해도, 저는 이제 아주 놀랍지 않아요. (아니. 놀라워요.) 다정이 꾹꾹 어디서부턴가 참아 왔던 것이 터진 거라 생각하면 오히려 안심되기도 하고요. 우리는 내향적이고, 속 끓는 일에 온 정신을 진동하며 끙끙거리는 사람들이니까. 가끔 서로에게 내비치는 어설프고 서툰 일들이, 다정하게 기울 때가 많은 것 같아요. 그래서 계속 힘을 주고 있던 순간이 풀어져 사진 속에서 눈을 감고 있어도, 무엇 때문에 깔깔거리며 웃었는지 기억하지 못해도 괜찮다는 생각이 들어요. 오키나와 바다에서 주워 온 좁쌀만 한 소라가 제 필통에서 열심히 흔들리며 떠나지 않는 일처럼, 우리가 기억하는 작고 사소한 일들이 우리를 떠나지 않았으면 해요. 그러려면 더 작게 속삭이고, 더 작은 목소리를 들어야겠지요.

다정의 책을 편집하면서 배운 제 한 시절의 창문은 언제나 맑고 깨끗한 하늘로 드리우고 있어요. 나는 가끔 거북 목을 일으켜 그 창문으로 새어 나오는 빛을 엿듣고, 어둠을 돌보고, 바람을 주고받아요. 책에 꾹꾹 눌러 적은 이야기를 가장 내밀하게 읽어 준 사람이니, 저는 홀로 어깨동무를 나누고 우정을 쌓았던 것 같아요. 이 책을 통해 그 우정의 층계참에서 만나 마침내 이야기를 주고받을 수 있어 좋아요. 서로의 방을 드나들며, 때로는 방문 앞에 서서 무언가를 기다려 주며, 이따금 방을 떠나 다른 방에서 지내다 오는 그 모든 시간을 나누었다고 생각하니 더는 바랄 게 없어요.

우리는 조금 더 나빠져도 괜찮다고, 오후의 카페 바 테이블에 앉아 나란히 주먹을 불끈 쥐고 다짐했던 날도 떠오르네요. 나빠져도 괜찮다는 다짐은 이미 나빠서였을지도, 너무 착해서 다치는 일이 많다고 서로를 여기는 후한 마음 때문이었는지도 모르지만 저는 그 말이 아직도 유효해요. 자신을 지키고 타이르는 일에서 타인을 돌보는 힘을 가질 수 있다는 것을 서로는 너무 잘 아니까. 시간은 기다려 주지 않고 우리는 늘 초조해 한 박자씩 빠르지만, 그것마저도 같이 한다면 늘 옆에 있겠어요. 돌아보지 않아도 옆에 있다는 것이 얼마나 위안이 되는지 몰라요. 자이로 드롭의 순서를 기다리는 친구들처럼.

좋아하는 것 앞에서는 정열적인 탱고를 추고, 싫어하는 것 앞에서는 홀로 지은 계단을 열심히 오르내리고, 조용한 것 앞에서는 더 조용한 귀를 기울이면서, 약속한 것들 앞에서는 전력을 다해 시간을 쏟는 다정의 방을 떠올립니다. 거긴 어쩌면 자주 어두워지고, 핀 조명처럼 홀로 자주 비추겠지만 다정은 다정에게 가장 잘 어울리는 사람이므로, 걱정은 아주 조금만 하겠어요. 혼자였던 날의 시간을 열심히 떠들면서, 혼자였던 날들을 서로 친구 하게 두면서, 함께인 날의 둘레를 또 열심히 만들어 가면 우리는 어쩌면 우리보다 더 우리 같은 방 안에 있겠지요. 끝났다고 생각하면 못 해준 말이 떠오르는 편지의 추신처럼, 자꾸 덧붙이고 싶은 말이 많아 방문을 열어 두고 잠들겠지요. 꼬리가 긴 꿈을 베고.

3

윤후의 방

옥탑의 방

여름밤을 끌어안듯 가슴 졸이며 보았던 드라마에선 모두 옥탑방에 사는 주인공이 나왔다. 하늘을 올려다보며 꼭 별을 세어 보고, 부질없던 하루를 공쳤다고 생각하며 자책하는 마음이 찌그러진 캔맥주와 어설프게 치는 기타 선율로 디졸브되던 장면들. 내게도 그런 장면이 있었느냐고 묻는다면 그런 적 없다고 하고서는 돌아선 자리에서 떠올릴 장면들이 있다. 옥탑에서의 이야기를 어떻게 잊을 수가 있을까.

옥탑의 방. 우리는 그곳을 〈공중 정원〉이라고 불렀다. 나는 옥탑의 방에서 대학 시절의 한 해를 다 보냈었다. 탁상용 선풍기를 틀고, 밥에 찬물을 말아 비엔나소시지를 하나씩 올려 크게 한 입 먹던 날. 미국 시트콤 「윌 앤드 그레이스」의 에피소드 한 편당 소요되는 이십여 분의 식사 시간은 내게 큰 즐거움이었다. 큰 소리가 날까 봐 헐거운 헤드폰을 머리에 쓰고, 홀로 키득거리던 청승맞은 장면을 좋다고 느끼는 것은 무엇 때문일까. 개수대에 그릇을 담가 놓고, 옥상의 평상에 가만히 앉아 눈을 감고 주변 소리를 듣는 것. 햇빛에 눈을 반쯤 찡그렸다가 잠들기도 하고, 해가 지면서 쌀쌀해지면 허겁지겁 옥탑의 방 문턱을 넘어 나만의 저녁 속으로 걸어 들어가는 그 장면에는 언제나 쓰고 싶어 안달이 난 내가 있다. 쓰고 나면 무엇이라도 좋아지는 듯이 굴었으니까.

옥탑의 방에는 정해진 손님이 있었고, 그 손님으로 왔던 친구의 가방에는 언제나 편의점 커피가 들어 있었다. 너 하나, 나 하나. 가끔은 긴 밤을 예상하고 두 개씩 사 올 때가 있었다. TV 밑에 작은 냉장고 속으로 커피를 넣어 두며 시간을 맡긴 채, 우리는 기나긴 시의 이야기를 나누고는 하였다. 친구가 돌아가고 어쩐지 방 한 칸이 헐겁게 느껴지면 홀로 무언가에 기대어 열심히 썼다. 노트북은 언제나 뜨거워서 손에 땀이 많은 나는, 땀에 미끄러지는 자판을 꾹꾹 눌러 시를 받아 적었다. 밤이 다 갔네, 창백한 새벽이 올 때쯤에야 겨우 잠들어 학교에 가지 못하고 자책했다. 시가 책상 위에 놓여 있으니까. 어제 쓴 시가 오늘을 살아 줄 것이기에 감동 없이도 감동하였다.

옥탑의 방은 그 고시원 건물에서 가장 꼭대기에 있었다. 고시원 방이었지만 개인 욕실과 주방이 겸비된 가장 비싼 옵션을 가진 방이었다. 돈을 많이 벌어 옥탑의 방에 올라온 것은 아니었다. 사치를 부리듯 선택한 일도 아니었다. 장마가 극성이었던 그해 여름, 나는 창문 없는 2층 방에 있었다. 잠이 들었을 때쯤 물속을 유영하는 꿈을 꾸었는데, 환풍구에서 물이 뚝뚝 새어 나오고 있었다. 꿈이 아니었다. 침수된 방에서 나는 아이팟 나노와 노트북만 겨우 챙겨 나와 젖은 몸을 수건으로 닦았다. 딱 내 방만 그랬다. 무표정밖에 볼 수 없었던 고시원 총무는 미간을 찡그리며 이 사태의 심각성을 알아주었고, 며칠 뒤 나는 옥탑의 방을 보상받았다.

언젠가 김소연 시인과 인터뷰를 하면서, 그가 자신의 방에 창문 하나 없었던 시절을 들려준 적 있었다. 창문이 그려진 엽서나 사진 같은 것을 벽에 붙여 놓고 창문이 있는 것처럼 생각했다던 그 이야기. 그런 이야기를 아는 것만으로도 작은 환기가 되곤 했었는데, 본의 아니게 아침인지 밤인지 분간이 가지 않는 사방의 벽 안에서 나는 가장 높은 곳에 올라가 홀로 옥상을 누리는 기쁨을 만끽할 수 있었다.

첫 시집에 수록된 많은 작품이 그곳에서 쓴 시들이다. 첫 시집에 수록되지 못하고 버린 작품들 역시도. 나를 건강하게 마주하기에는 옥탑의 방만한 곳도 없다. 날씨와 나를 나란하게 두고 볼 수 있다는 것, 높은 곳에서 내려다보듯이, 낮은 곳에서 나를 올려다볼 수 있다는 것, 가끔 손님들과 이 방의 별명을 부르며 우리가 이곳에 있다는 것을 실감하고, 냉장고에는 기약했던 밤보다 더 오래 편의점 커피 하나가 냉장 보관되어 있다는 것. 가끔 담배를 피우러 옥상에 올라오거나, 이불 빨래를 하러 오는 사람들의 눈총을 사기도 했던 옥탑의 방, 그 커다란 창문 안에서 나는 탁상용 선풍기가 보내는 바람을 시원하게 맞으며, 「윌 앤드 그레이스」 정주행 중일 것이다. 소리 없이 웃는 법, 소리 없이 우는 법을 동시에 터득한 곳이니 내 모국어는 거기에서 다시 적혔을지도 모르겠다. 하늘이 가깝고, 저녁은 많아서 좋았던 그 시간을 잊을 수 없어서 나는 또 이렇게 반복한다. 철학자 조르조 아감벤은 〈사랑했지만 떠나야만 했던 곳들에서 배운 것이 있다〉고 말한다. 〈우화 속의 거인처럼 그곳에 마음을 숨겨두면 우리는 분명히 강해지겠지만 그곳을 항상 기억해야 하기 때문에 결국에는 다시 약해질 위험이 있다〉고. 옥탑의 기억은 그런 점에서 울다 웃는 입술의 모국어다.

쓰기의 방

방에는 그곳에 머무는 한 사람의 전통과 혁신이 교묘히 대치하고 있다. 방의 규격에 철저히 복무하며 수행하는 온갖 것의 배치와 그것을 채우고 비우는 동안 반영되는 한 사람의 생각과 취향. 존재의 가장 최신의 것들이 꺼낼 수 없을 정도로 오랜 전통들을 수비한다. 버지니아 울프는 누구도 방해할 수 없는 방을 꿈꾸었다. 창작에 집중하기 위해 방해받지 않을 공간을. 자기만의 공간을 지켜 내는 일이야말로, 여성이 가질 수 없을뿐더러 허락되지 않은 시간을 지키는 일이라고. 전통적인 자원 하나 누리지 못했던 지난 사회적 맥락을 천천히 깨부수면서 자신의 공간을 낱낱이 파헤친다. 언어를 통해서 변방의 존재들을 방으로 불러 세운다.

그것만큼 존재에 가장 맞닿아 있는 본질적인 탐구가 또 있을까.

지난여름에는 경기도 광명에 있는 기형도문학관에서 시 창작 수업 수강생들을 인터뷰했다. 인터뷰 내용과 그들의 창작 시를 엮어 문집으로 만드는 일이 나의 몫이었다. 질문하는 일을 통해 돌려받게 된 대답으로, 다시 나에게 반문하는 일을 좋아하기에 어렵지 않은 시간으로 여겼다. 인터뷰를 통해 처음 만난 사람들은 엄청난 속도로 가까워졌다가 이내 다시 멀어지는 멀미를 함께 경험했을 것이다. 내가 만난 사람들은 대부분 어려운 시간을 내어 수업을 듣는 여성들이었다. 직업도, 하는 일도 제각기였지만 대체로 그들은 다음과 같은 공통된 자기소개를 하곤 했다. 시를 쓰기에 이미 너무 늦은 것 같아요. 주책 같지만 이제라도 한번 해보려고요. 한 수강생은 교회에 가야 하는 일요일인데도 이 자리에 왔다며 일장 연설을 쏟았다.

「그럼 어떤 장소에서 주로 시를 쓰세요?」

「세탁기 옆이요.」

그의 퉁명스럽고 단호한 대답은 부러 그러했을 것이다. 어정쩡한 표정을 짓고 있자, 그는 보충 설명을 하려고 내용을 덧붙였다.

「통돌이 있잖아요. 그 옆에 작은 책상 하나 놔뒀거든요. 가족들 아무도 안 들어와서 좋아요. 세탁기 소리는 늘 듣던 거라 시끄럽지 않고요. 시가 될 만한 소재를 포스트잇에 적어 세탁기에 붙여 놓아요.」

빨래를 하지 않는 동안의 시간만을 활용할 줄 알았는데, 실제로 세탁기가 돌아가는 상황에서도 젖은 빨래를 파수하듯, 그 옆에 앉아 글을 쓴다고 했다. 아무도 방해하지 않는 시간이라서. 온몸을 털며 탈수할 적에는 포스트잇이 떨어지지 않는지, 접착력 좋은 것으로 구해야겠다며 농담을 주고받았다. 베란다 세탁기 옆에 놓은 작은 책상과 언제든 세탁기를 작동할 수 있는 베란다. 그 위로는 축축한 빨래들이 말라 간다. 그곳을 〈방〉이라고 부르는 그 사람의 시는, 인터뷰 내용 때문인지 탈수되는 순간처럼 저돌적으로 읽히기도 했다.

수줍음이 많던 다른 사람은 일곱 군데의 동네 카페를 번갈아 가며 글을 쓴다고 했다. 유목민처럼 떠도는 데에는 카페 점원이 자신을 단골 취급하며 아는 척할 때 주로 이동한다는 이유까지 덧붙였다. 생활 노동에 지배된 집이라는 공간을 떠나고 싶어 찾아간 집 근처의 여러 카페마다 입구 문의 무게, 도어 벨 소리, 커피의 향, 테이블 형태와 의자의 높

낮이 등 구체적으로 구분하여 기억하고 있었다.

내가 왜 그런 질문을 했는지 자신도 잘 알고 있었다. 시를 쓰는 현장에 대해 듣는 것이 고군분투하는 누군가의 안간힘을 확인하는 일이어서였다. 본질적인 이유나 쓰는 삶 맨 처음의 눈금일 것이기에 그런 질문으로 써온 날들의 이야기를 시작하는 게 인터뷰 요령이었다. 그러나 그들의 삶은 살림에 치여 겨우 시간을 마련하거나, 그마저도 허락하지 않아 세탁기 옆에 책상을 둔다. 공간에 대한 미감이나 안목, 분위기 같은 것 대신 자신이 마련한 공간에 자신의 습성을 첨예하게 옮겨 놓는다. 지금과 가장 어울리는 상태로. 필요한 상태로. 군대 간 아들의 방을 잠깐 빌려 쓰고 있다는 사람은 꼭 자기만의 방을 처음 갖게 된 아이처럼 해사한 얼굴로, 아들의 휴가가 다가오는 시간을 도리어 아쉬워하기도 했다.

집에 돌아와 인터뷰 원고를 정리하면서 내 책상 위에 놓인 것들을 찬찬히 읽어 보았다. 11시 55분에 멈춰 있는 아르네 야콥센 탁상시계, 먼지가 달라붙어 있는 유리 문진들, 뜨개로 만든 네잎클로버 키링, 담뱃갑에서 나온 구겨진 은종이, 형형색색의 책갈피……. 없어도 그만이지만 지금은 내 곁에 머물러 있어 한 번쯤 해찰하며 이름을 불러 보는 존재들이다. 나를 지키는 데 이토록 많은 게 필요했었는지 생각하며, 나만의 방에서 누군가의 방을 떠올리는 시간을 지나왔다.

어릴 땐 너무 심심하여 괜히 안방에 들어가 엄마 침대 옆에 놓인 협탁 서랍을 들쑤시곤 했다. 오래된 동전을 줍고, 더 오래된 가계부의 여백을 찾아 낙서하는 게 취미였다. 어떤 날엔 입출금 내역을 적는 빈칸에 몇 가지 기억하고 싶어 적어 둔 엄마의 단어들이 있었다. 위임장, 현동이 학부모 총회, 세탁소 블라우스, 수지 엄마 30만 원……. 어른들에게도 알림장이 필요한 게 아닐까 웃음이 났지만 그보다 더 생경한 것은 엄마의 필체였다. 내 글씨를 들여다보면 엄마의 가계부에서 보았던 정갈한 글씨가 보인다. 몇 년이 지나 요일 하나 제대로 맞지 않는 가계부에 잊어버려선 안 될 것들을 급히 적어 두는 마음을 보았다. 붙잡고 싶은 게 있다면 써야 하는구나.

나는 방에서 고요를 수비하며 붙잡는 일을 한다. 쓰는 일로, 놓친 것을 심판하고 남겨진 것을 눌러 적는다. 그런 의미에서 방은 헤어짐을 판가름하는 가정 법원의 풍경일 수도 있고, 혼자서 짝사랑하는 누군가의 빼곡한 서랍일지도 모르겠다. 붙잡고 싶은 것에게로 최대한 다가서는 현장이다. 지키고 싶은 것이 있다는 건, 소중한 것을 잃어 본 적 있던 착오의 날들이 선사한 귀한 근력이다. 쓰는 일로 붙잡더라도 붙잡히는 것이 아니겠지만, 언어가 기억하는 존재의 윤곽은 해상도가 높은 편이다.

방에 나 있는 창문으로 세탁기 돌아가는 소리가 들리면, 나는 세탁기에 붙여 놓은 메모지들이 진동하는 상상을 한다. 누군가가 각자의 방이라고 부르는 주소에 가본 적도 없이 이웃이 된다. 시차를 느끼며, 방에서 난기류를 겪어 내며 층간 소음처럼 그 인기척을 기꺼이 듣는 일. 내가 나의 고요를 휘저으며 느낄 수 있는 최대치의 속력이다. 쓰기 위해 앉아서 본다. 건전지가 다 되어 멈춰 있는 책상 위의 탁상시계 하나. 11시 55분. 하루를 멈춰 세우는 계기판처럼 보인다.

엄마의 방

체리색 화장대 옆에는 쿠션의 비닐이 벗겨져 가는 스툴 하나가 있었다. 그 위엔 언제나 엄마의 빨간 지갑이 놓여 있었다. 엄마가 없는 날엔 방에 들어가 지갑에서 천 원짜리 지폐 한두 장을 꺼내어 학원에 갔다. 학원에 가는 길, 오는 길에 단것을 입에 물지 않으면 안 되는 괴로운 날들이었던가? 작은 영혼의 고통도 그 나름 작은 신체가 견디기 위해서 도둑질 아닌 도둑질을 했었다. 엄마는 아마도 모를 거라는 생각. 그 착각을 끝내 모른 척해 준 엄마의 방은 언제나 내게 떨리는 공간이었다.

안방이라고 부르는 엄마의 방에서, 엄마는 언제나 낮잠을 잤다. 엄마는 잠이 왜 이렇게 많을까? 엄마가 자는 동안에 집은 살얼음판이 된다. 동생과 뛰어놀다가 혼나기도 하고, 동생과 싸우기라도 하는 날엔 엄마가 불같이 화를 냈으니까. 엄마가 자고 있는 시간에는 숨죽여 책을 읽거나 음 소거된 만화를 보았다. 엄마는 왜 이렇게 게으를까? 그런 생각을 하면서 놀이터에서 놀거나 친구 집에 간다는 허락을 구할 때는 교무실보다 몇 배는 무거운 문을 열어야만 했다. 엄마는 그럴 때마다 늘 귀찮은 듯 대답했다. 기분에 따라서는 이유 없이 불호령이 떨어지기도 했고, 너무 피곤한 날에는 무언의 허락을 하기도 했다.

아주 나중에 시간이 흐르고 그런 날들을 웃으며 이야기하던 저녁 식사 시간에, 엄마는 그때 우울했다고 한다. 흔히 말하는 도피성으로 잠을 잤다고. 잠이라도 자지 않으면 생각이 많아지고 괴로워서, 마치 학원 가는 길에 다디단 것을 입에 물어야만 했던 나의 작은 고통처럼, 엄마도 늘 그런 고통과 싸우고 있었다. 이제야 말하지만, 하면서 하는 엄마의 말들은 내가 알지 못했던 것이었고, 지갑에서 늘 한두 장씩 없어지는 지폐도 엄마는 알고 있었다는 것이었다.

가끔은 엄마가 없는 날이면, 안방에 들어가 엄마의 서랍을 들춰 보곤 했다. 2000년 가계부? 지금은 2003년인데, 하면서 철 지난 가계부를 들춰 보면 여느 주부들처럼 장 본

것을 기록해 놓고, 고지서에 적힌 납부 금액을 빼곡히 써둔 것을 볼 수 있었다. 달력에는 가끔 내 생일이나 엄마 친구의 생일이 적혀 있고, 3월 정도 지나면 여백으로 가득 차 있는 철 지난 가계부. 나는 그 여백이 조금 무서웠었다. 시간에 잡아먹힌 것만 같아서. 그러나 엄마의 필체를 보는 것이 좋았다. 위임장에 적힌 이름 정도로만 보았던 엄마의 글씨가, 내 조악한 다이어리에 적혀 있을 법한 내용을 적은 것으로 볼 때의 생경함. 엄마는 가끔 도둑질을 그만두라고 말하듯이, 차려 놓은 점심과 함께 만 원짜리 지폐 한 장을 두고 갔다. 거기에는 〈아껴 써라〉, 〈국은 냉장고에 넣어 두어라〉 같은 쪽지를 써주었다. 나는 그 쪽지가 꼭 편지 같아서, 주머니에 넣어 다니며 자주 펼쳐보곤 했다. 엄마가 내게 글로 말하는 일은 거의 없는 일이었으니까, 나는 그 쪽지의 애독자가 될 수밖에 없었다.

잠으로 도망간 엄마의 우울을 떠들썩하게 깨웠으므로, 혼나는 일이 이상하지 않았겠다고 이해되던 날이었다. 엄마가 무엇 때문에 힘들었었는지는 물어보지 못했다. 다 알 것 같았기 때문인데, 다 아는 일과는 다른 차원으로 무섭게 느껴졌다. 큰 잘못을 저지른 기분이 되고 싶지 않아서 고개를 끄덕이면서 우리는 한동안 말을 이어 가지 못했다. 말줄

임표 같은 시간을 나눠 가졌다.

고등학생 때, 어설픈 솜씨로 엄마의 방 한쪽에 동백꽃이 커다랗게 수놓아진 포인트 벽지를 붙여 준 적 있었다. 대학 시절에 고향 집에 내려오면 모서리부터 서서히 벗겨지는 포인트 벽지에도 엄마는 크게 신경 쓰지 않았다. 이제 잠으로도 떠날 수 없는 방 때문이었다. 아무것도 신경 쓰지 못할 정도로, 아득하게 망가져 가는 낡은 집 속에서 엄마는 내가 영원히 모를 어떤 시간을 살았다. 집을 수리하고 리모델링하기로 했을 때, 엄마는 언제 올지 모르는 우리를 위해 방 하나를 남겨 두겠다고 했지만, 나는 이 집이 이제 우리 집이 아니라 엄마의 집이 되었으면 해서 완강히 반대했다. 새로 고친 집은 환해졌고, 온전히 엄마의 것으로만 꾸며져 있다. 이제는 도둑질을 하지 않고, 잠으로 달아나지 않아도 되는 평화로운 곳이었다. 사이 좋게 저녁을 먹은 뒤 가끔 푹신한 소파에 앉아, 이 집의 전신을 떠올리며 그날의 고해 성사를 하게 된 것도 좋아진 날들 때문이다. 나빴던 날들을 끄덕일 수 있었기에 알아차릴 수 있는 좋은 분위기를, 우리는 어색해하지 않고 말할 수 있게 되었다. 엄마가 뒤척이는 침대를 문밖에서 몰래 지켜보는 나의 작은 영혼이 진동할 때를, 이제는 이야기할 수 있게 되었다.

기억력의 방

고등학교 다닐 때 기숙사 생활을 잠깐 한 적 있었다. 높은 성적순으로 선발하는 기숙사 대신, 돈만 내면 들어갈 수 있는 사설 기숙사였다. 공부를 붙잡아야 할 시기라서 차선의 선택을 했지만, 사실은 작은 독립을 꿈꾸었었다. 냄새날 것 같은 고등학생 남자애들이 빼곡하게 앉아 있기도 버거운 작은 공간에, 이부자리를 펼쳐 몸서리치며 자는 며칠이 괴로웠지만 딱 하나 마음에 드는 것이 있었다. 칸막이가 있는 독서실 스타일의 책상이었다. 몸을 책상에 기울이면 사방이 보이지 않는 그 작은 공간을, 나름대로 구획해 꾸며 놓으면 꼭 나만의 방을 가진 것 같았다. 전자사전에 인터넷 소설을 양껏 내려받아 읽고, 256메가바이트의 MP3 안에 서른 몇 곡의 애창곡을 담아 들으며 립싱크했던 시간이었다. 한쪽 벽면에는 야심 찬 계획표를 붙여 놓고, 다른 한쪽에는 거장처럼 온갖 메모를 덕지덕지 붙여 놓고, 한쪽에는 간식으로 배식되는 빵 안에 들어 있는 반짝이 스티커 같은 것을 옹기종기 붙여 놓았다. 나름대로 규칙과 규율이 엄격했으므로, 자습 시간에는 소리를 내선 안 되었기에 그 안에서 우리는 쪽지로 주로 대화했다. 거친 화법을 가진 고등학교 남학생들이 음 소거되는 그 시간을 좋아했다. 그리고 누군가의 목소리를 못생긴 글씨로 대신 읽는 재미도 있었다. 학교처럼 50분마다 종이 울리면, 우리는 일제히 소리를 냈다. 여기저기서 말하지 못했던 고통의 신음이 퍼지고, 각자 책상 위에 달린 작은 사물함에서 과자를 꺼내 와 여기저기 기웃거리는 일. 네 자리로 돌아가라. 그런 핀잔을 들으면 모두가 등밖에 보이지 않는 진풍경을 나는 등을 젖혀 자주 구경하였다.

기숙사에서 처음으로 알게 된 동급생 친구 J가 있었다. 내 옆자리라 어쩔 수 없이 친해진 것이기도 했지만. J 역시 나 같은 처지로 기숙사에 들어온 것 같았다. 공부에는 일절 관심이 없고 어디선가 빌려 온 일본 만화책을 읽으며 자주 들썩이던 아이. 내가 뭐 하는지 칸막이 너머로 얼굴을 빼꼼 내밀고는 멋쩍게 웃던 아이였다. 덜렁대고 산만했지만 가끔 어디선가 사 온 귀한 과자나 음료수를 나에게 덥석 건네주기도 했다. 내가 집에 다녀오는 주말이면 내 자리에 누가 왔다 갔는지, 누가 쓰레기를 버리고 가서 자신이 치웠는지 일러 주는 친구였다. 같은 반이 아닌 친구를 사귀는 일이 내게도 생경하여서 학교에서 마주칠 때마다 반갑게 인사를 했다. 같은 반 친구들은 재랑 어떻게 아느냐며 속닥거리곤 했는데, 그 이유는 딱 하나. 그 친구가 유명한 흡연가이기 때문이었다.

어느 주말, 집에서 옷과 책을 챙겨 기숙사로 돌아왔을 때 옆자리가 텅 비어 있었다. 자리를 옮긴 것인지 구역마다 달린 간이 커튼을 열어젖히며 친구를 찾았다. J를 본 적 있느냐고, 아는 친구들에게 물어도 대답이 없었다. 있다가 없으니까 괜히 더 허전했다. J 자리의 반대편에 있는 친구가 자신의 짐을 J의 자리에 하나씩 올려놓을 때마다 나는 그것을 치우라고 부탁했다. 그랬더니 그 친구가 담배 피우다 걸려 J가 퇴소 조치를 당했다는 이야기를 해주었다.

J를 학교에서 보게 되면 자초지종을 들어야겠다고 생각했다. J는 이과였고 나는 문과였으므로 사실상 마주칠 일이 거의 없었다가, 우연히 복도에서 만나게 되어 인사를 건넸

다. 그런데 J는 본체만체하며 지나갔다. 그 뒤로도 몇 번 마주칠 기회가 생길 때에도 같이 어울리던 친구들과 휙 사라져 버렸다. 도리어 내게 서운한 게 있었나 상심하였다.

자신의 방에서 쫓겨난 사람이, 그 방을 여전히 쓰고 있는 누군가와 대화하고 싶지 않은 그 얄팍한 마음을 몇 년이 지난 후에야 알게 되었다. 고향에 내려가 한참 동창들을 만나던 대학 시절에 그 친구를 우연히 한 노래방에서 만났기 때문이었다. 친구와 나는 서로 몹시 당황해하며 서로의 이름을 불렀다. 노래방 복도에서 마주칠 확률은 얼마나 될까, 짧지 않은 인연이라고 생각했다. 여기저기서 목청껏 노래를 부르는 탓에 잘 들리지 않았지만 경황 없는 와중에 몇 마디를 나누었다.

「J야, 잘 지냈어? 오랜만이다. 너 여기 대학교 다닌다고는 들었어. 무슨 과 갔어?」

「나 토목. 너는 서울로 갔다면서.」

「응. 그때 기숙사 살 때 재밌었는데.」

「아. 다 옛날이지 뭐. 나는 다 잊어버렸어.」

「다 잊어버렸어? 그래, 시간이 많이 지났으니까.」

「나 친구들 기다려서. 먼저 가볼게, 잘 놀다 가라.」

「그래. 또 보자. 연락할게.」

친구가 비상계단 쪽으로 올라가고, 핸드폰을 열어 J의 이름을 검색했는데 번호가 저장되어 있지 않았다. 다 잊어버렸다는 말이 어쩜 그렇게 서운하게 들리던지.

다른 친구로부터 전해 들었던 이야기가 있었다. J가 부모님과 살지 않고 고모와 살았었다고. 고모 눈치를 보며 사는 게 힘들어, 아버지가 보내 주는 생활비를 고모와 싸워 받아 내고 처음 들어온 곳이 그 기숙사라고 했다. 사람을 사귈 줄도 모르고, 늘 까칠하기만 했던 친구가 그곳에서 여러 사람들을 사귀면서 밝아졌다는 것을 그때 나도 몰랐던 것은 아니었는데. 어쩌면 그때 누구도 J를 지켜 주지 않았다는 상처 때문에, 그 공간에서 어울렸던 이들까지도 등을 돌린 게 아닐까 하고 뒤늦게 생각했다. 내가 미안할 일도, J가 사과할 일도 전혀 아니지만 자기만의 방을 잃는다는 것은 버림받는 일만큼이나 가혹했을지 모른다. 생각보다 그때의 우리는 너무 어렸으니까.

가끔 J의 소식이 궁금하지만 끊긴 지 오래되어 더는 들을 수가 없었다. 인스타그램 검색창에 J의 이름을 검색하고 첫 화면에 뜨는 동명의 계정을 모두 들어가 본 적도 있었다. 인스타그램 같은 것을 할 성정은 아니라 생각하며 창을 닫고 가끔 칸막이 너머로 이웃했던 그 온기를 떠올린다. 너무 고요해서 숨 막힐 때마다 적었던 연노랑 포스트잇에 아무도 기억하지 않을 말들을 적어 주고받으며 견뎠던 어떤 시간이 J에겐 다 잊어버린 것이고, 나에겐 모조리 남아 버린 것이라는 것이 내가 여전히 닦지 못하고 있는 슬픔 중 하나다.

바람이 문을 세게 닫은 방

클리셰이지만, 억울함이나 분노를 참지 못하고 방문을 세게 닫았다. 문이 세게 닫히는 소리에 엄마의 호통이 이어지면 여느 아이들처럼 〈바람 때문이야! 바람이 그랬어!〉 하고 엉뚱한 대답을 해버렸다. 창문을 열어 둔 여름이면 몰라도, 실내에 바람이 드나들 일 없는 겨울에도 그런 핑계를 줄곧 대곤 했으니까 지금 생각하면 민망하고 웃음이 난다. 바람이 문을 세게 닫은 방에 나는 여전히 있다. 불화의 참호 지대라고도 할 수 있다. 바깥의 일들로부터 벌어진 내면의 일을 수습하는 곳이다. 세상과 단절이라도 된 것처럼 방문을 굳게 닫고 홀로 고요에 참전하는 것. 그것이 내가 생각하는 방의 문법이다.

〈다른 사람들로부터 나를 지키기 위해 고독과 함께 있기로 한 거야.〉 티아구 호드리게스의 희곡 『소프루』에 나오는 대사다. 이 문장이 좋아 공책의 한쪽 여백에 적어 두기도 했다. 혼자 있는 이유를 명징하게 대신 말해 주고 있어서. 나를 지키는 참호 공간 속에서, 나는 외부로부터 습격당한 사람처럼, 상처를 입은 몸으로 홀로 다친 곳에 부목을 덧대며 방을 지켰다. 방을 나서는 순간 다시 공격이 닥쳐올 것처럼 겁이 났다. 나서자마자 돌아가고 싶다는 생각에 사로잡히는 희미한 시절에는 대체로 방이라는 풍경을 지우고는 설명할 방법이 없다.

말로 설명할 수 없는 분노에 사로잡힐 때마다 나는 컴퓨터 앞에 앉아 떠오르는 말들을 마구잡이로 적었다. 토해 내듯 글을 쓴다는 것을 실제로도 하고 있다. 화가 나면 글을 쓰는 사람이라니. 머리카락을 움켜쥐고 괴로워하며 폭발적으로 키보드를 연주하는 괴짜가 바로 나라니. 한 달 동안 동유럽 여행을 다닐 때, 나는 매일 맥도날드 같은 만만한 프랜차이즈 식당에 찾아가 노트북을 켜고 분노의 일기를 적었다. 얼음이 다 녹아 맛이 밍밍해진 밀크셰이크를 옆에 두고서. 여행 중 인종 차별을 당하거나 소외감을 느끼게 된 순간을 이렇게라도 털어놓지 않으면 참을 수가 없었다. 절실하게 글을 썼던 몇 안 되는 시간이었다. 여행 끝에는 〈분노 일기〉라고 저장해 둔 파일이 A4 용지로 38장의 분량이 된다는 것을 깨달았다. 여행 마지막 날, 노트북을 높은 카페 바 테이블에서 떨어뜨리는 바람에 거짓말처럼 고장이 났다. 일기가 제일 아까웠지만 이렇게 박살 내는 형태로 잊어버리는 것도 나쁘지 않겠다 싶어 고장 난 노트북을 가지고만 있다가 얼마 전에 복구했다. 다행히 일기 파일이 살아 있었다. 오래전에 내가 살다 떠나온 방의 벽면에 적힌 낙서를 읽는 것 같은 기이한 기분이 들었다. 벽에 붙여 놓은 포스터나 엽서를 뗀 자국들이 선명하게 남아 있는 흰 방. 생활이 켜켜이 드러나 있는 얼룩들과 그 안을 홀로 열심히 뒤척였던 흔적들이 역력한 방. 분노의 일기가 지금은 잠이 오지 않는 밤에 소일할 유머가 되었지만, 나는 그때 그렇게 살아남았었다. 나를 회복하고 생존하는 현장이라는 점에서 일기도, 방도 내게는 하나의 문을 나눠 쓰는 사이 같다. 또 문을 세게 닫고 싶어진다.

한 사람이 자신 안에 가득 찬 울분을 토해 내기 위해 선택하는 일들은, 그 사람을 잘 설명한다. 폭식을 하거나, 폭음을 하거나, 폭동을 일으키거나…… 폭발할 수 있다는 건, 어쨌든 건강함의 징조이기도 하다. 나는 그럴 때마다 다작을 했다. 북 토크 마무리 멘트로 자주 쓰는 단골 인사가 하나 있다. 〈제가 작품 활동이 왕성하거든, 그동안 화가 많았구나, 생각해 주세요〉라고. 나를 소진하면서 울분도 함께 지워 버리는 습성이 얼마나 갈지 잘 모르겠지만, 지금은 오히려 화가 나지 않을까 봐 두렵기도 하다. 어떤 일을 무덤덤하게 생각해 버리고 마는, 납작해진 마음에 더는 불화가 찾아오지 않아 혼자 있고 싶은 생각이 들지 않는다면? 나는 누군가 문을 세게 닫는 소리를 듣고 있을지도 모르겠다.

들어갈 수 없는 방

신간이 출간되어 한 동네 서점에서 사인회를 열기로 했다. 정해진 시간 동안 서점에 상주하면서 방문하는 독자들과 이야기도 나누고 책에도 서명하는 다정한 행사였다. 요즘엔 어떤 행사가 열릴 때 서점에서 그동안 출간한 책을 함께 전시하는 경우가 많다. 저자로서 지난 책들까지 헤아려 주는 것이니 매우 고마운 일이다. 매대에 진열된 나의 약력을 보면서, 내가 지나온 시간을 책의 두께로, 쌓여 있는 높이로 가늠할 때가 많다. 그리고 그것들로 결코 돌아갈 수 없다고 생각하게 된다. 책을 쓰고 출간한다는 것은, 영영 들어갈 수 없는 방을 갖게 되는 일이 아닐까 하고.

내가 문을 걸어 잠그고 나온 방으로 다시 들어갈 수 없다는 것은 어쩌면 당연하고 다행인 일일지도 모르겠다. 자신이 쓴 책을 출간 후에 읽어 보지 못한다는 숱한 작가들의 후기들을 들어 봐도 알 수 있다. 그것이 왜 어려운 일이 되는지, 그 불가능이 왜 가능한지에 대해 생각해 볼 필요가 있었다. 서명을 받으러 온 독자들 가운데에선 내가 언젠가, 어딘가에서 서명을 해두고 온 책을 가져온 사람들이 있다. 짧게는 몇 개월, 길게는 몇 년이 지난 나의 필체를 생경하게 마주할 때 이상한 시차를 느끼게 된다. 그리고 그 오래된 책에는 색색의 인덱스가 붙어 있다. 읽어 준 사람의 방처럼, 내게는 없던 알록달록한 갈피 사이로 내 이야기가 들어 있다는 것이 믿기지 않는다.

시 창작 수업에 들어가면 언제나 강조하는 말이 있다. 자기 작품을 너무 애지중지하지 마세요. 정말로 자신을 통과한 작품과는 작별하세요. 좋은 헤어짐으로 자신의 이야기를 놓아주세요. 누군가의 이야기에 맺힐 수 있도록 말이에요. 그런데 정말 자신의 이야기와 헤어질 수 있을까?

첫 시집까지는 꼬박 8년이 걸렸고, 대부분 한 권의 책이 되기까지 짧게는 2년 정도 소요되었던 경험으로 미루었을 때 한 시절로 점철된 책의 이야기와 헤어질 수 있는 건, 책에 실릴 원고를 집필하고 책을 만드는 데 들이는 노동의 피로감도 한몫한다. 자신의 글을 지겹도록 읽을 수밖에 없는 그 불가피한 과정에서, 헤어짐은 쉽게 성립된다. 다시는 보고 싶지 않을 정도로. 언젠가 그립다면 한 번쯤 열어 볼 마음 정도만 남겨 두는 일. 그러나 정말 자신을 충분히 헤매다 통과한 이야기는, 훗날 마치 나의 이야기처럼 여겨지지 않는다. 그것을 헤아리면 섭섭하기도 하지만, 그제야 완성되었다는 감각을 가지게 된다. 그래서 어느 날엔 한 독자가 내가 쓴 어떤 시를 좋아한다고 말하였는데, 그 시가 어디에 수록된 건지 잘 생각나지 않아 얼버무린 적도 있었다. 문장만 떼어져 떠돌아다니던 사진을 보고는 내가 쓴 것이라고 전혀 생각지 못했다가 캡션에 달린 출처를 보고 나서야 내가 쓴 것임을 알게 된 일도 적지 않다.

어떤 이야기들과의 작별로 나는 마치 건망증 환자처럼 보이게 되었다. 그 흐리멍덩함이 좋다. 나를 미처 통과하지 못하고 떠도는 작품들은, 쉼표나 온점 하나까지도 어디에 두었는지 생생히 기억나는데, 그 미련 때문에 다음으로 가지 못하고 하지 않은 숙제를 떠안은 개학 날의 학생이 되고 싶지 않다. 끝낼 수 있을 때 확실히 끝내는 것이 좋다.

어떤 미련은 나를 하염없이 기다리도록 훈련시켰지만, 그 미련을 져버리고 나아간 자리에는 내가 길들여야 할 들판이 드넓게 보였다. 정돈된 풍경을 빠져나와 정리되지 않은 풍경에 다시 발을 내딛는 일이 나의 할 일은 아닐까, 내가 쓰는 일을 직업으로 삼는 동안에 해야 할 일이라고 느껴졌다. 잘 재단된 건초 더미처럼, 여러 권 쌓여 있는 나의 책들을 지나며 새로 나온 책을 들고 환한 얼굴로 서점 문을 여는 사람들을 기다렸다. 내 방에서 나 대신 머무르고 있는 사람들이 있어 방문을 열지 않았다.

각인으로 새긴 방

얼마 전 새로 시작하게 된 시 창작 수업에서, 사람들에게 어떤 경로로 수업을 듣게 되었는지 묻자 절반은 내 블로그를 보고 있었으며, 소식을 듣고 찾아오게 되었다고 말했다. 저 파워 블로거가 된 것 같아요, 하고 수줍게 웃었고 착한 사람들도 따라 웃어 주었다.

수업을 마치고 집에 돌아오는 길에 내가 방이라고 부를 수 있는 곳이야말로 블로그가 아닐지 생각했다. 사람들이 드나들고, 내가 있는 그대로 나를 보여 줄 수 있는 곳. 왔다 간 친구를 그리워했다가, 만난 적도 없이 헤어지기도 하며, 약속도 없이 잠깐 모이게 되는 곳. 그런 곳을 아지트라고 부르곤 했는데 어쩌면 블로그는 내가 떠나올 수 있는 종착지가 아닐까 생각했고 이내 씁쓸해졌다.

상담 선생님에게 관계에 대해 이야기하면서, 내가 꿈꾸는 관계에 대해 설명했다.

「선생님, 저는요. 저를 아무도 모르는 곳에 가서 살고 싶어요. 그곳에서, 알고 지냈던 사람들과 연락하며 지내고 싶어요. 만나지 않고. 연락만…….」

선생님은 그게 무슨 소리냐는 표정으로 미간을 찡그렸고, 나는 급하게 보충 설명을 하게 되었다. 그러나 선생님은 와닿지 않는 눈치였다. 그 관계를 정의 내린 이유를 알기 위해 이야기를 이어 나가다 보니 선생님은 이런 결론을 내렸다.

「사람들을 만나면 상대방을 파악하고, 맞추려고 하는 성정이 스스로를 피곤하고 고단하게 하는 것 같네요. 그래서 사람들 만나는 게 귀찮고, 막상 만나면 즐겁다고 하는 것이 그런 이유가 아닐까요?」

나는 그것이 상대를 위한 당연한 배려라고 생각했다. 먹고 싶은 음식이 있어도 상대방에게 묻고, 그가 원하는 것을 먹으러 가는 것. 듣고 싶지 않은 이야기도 최대한 이입해서 몰입해 듣는 것. 내가 원하는 것을 지우고, 상대가 원하는 것을 맞춰야 마음이 편하다. 불편할 정도로 내가 원하는 것을 늘어놓는 만남은 애초에 내 취향이 아니다. 우연히 함께 코인 노래방이라도 간다면, 내가 부를 수 없는 고음 부분을 상대방에게 넘기는 정도가 내가 바라는 것이겠다.

해결되지 않은 마음이 생기면 블로그에 찾아가 글을 썼다. 지금보다 훨씬 적은 이웃을 가졌을 땐 사람들과 댓글창에서 오랫동안 소통했다. 댓글에 댓글을 이어 대화가 명징하게 그려질 때마다, 그것들을 계속 곱씹어 읽었다. 성별도, 나이도 모르는 사람들과 대화를 나누지만 닉네임과 설정된 조악한 퍼스나콘을 얼굴처럼 여기면서. 여기에는 내 마음을 알아주는 사람이 있다며 안도하였을지도 모른다.

블로그를 시작한 것은 대학교 2학년 때, 등단하고 청탁이 없어서 시를 쓰면 내 블로그에 올리기 시작했다. 어떤 시인이 비밀 댓글로 〈미발표작은 이런 데에 공개하지 않는게 좋아요〉라는 친절한 조언을 해주었고 그 뒤로는 블로그에 가벼운 일기나 영화를 보고 글을 적었다. 그렇게 시작한 일이 15년 동안 이어져 왔다고 생각하니 블로그의 역사가 곧 나의 역사로 겹쳐 보이기도 하다.

이제는 일주일에 한 번, 일요일에서 월요일로 넘어가는

자정에 발행되도록 예약해 글을 쓰고 있다. 한 주 동안 찍었던 사진과 그 사진을 읽어 가는 방식의 솔직한 일기다. 다자이 오사무의 산문 중에서도 제일 좋아하는 산문은 단연 「솔직 노트」. 니시 가즈모토의 시 「사랑에 관하여」에는 이런 구절이 하나 있다. 〈인간의 삶은 (무언가의 확실한 각인이다)〉. 이 문장에서 출발해 도달한 나의 생각은, 내 삶은 시간을 각인하는 일에 많이 소요되었다는 것이다.

시간이 어떻게 지나는지도 모르고, 속수무책으로 지나는 시간을 떠나보내는 애처로운 나의 눈빛은 순간을 기억하기 위해 작고 귀여운 것을, 반짝이며 숨어 있는 것을, 길을 잃은 초라한 것을 살피며 사진과 짤막한 단상으로 남기고 있다. 그것을 일기로 환원하며 내가 보낸 시간에 대한 기록으로 놓아 준다. 꽤 많은 일기가 쌓여 버린 블로그는 이제 나에게는 꼭 필요한 포털이 되었다.

문득 블로그 검색창에 〈사랑〉이라고 검색하면, 내가 그동안 언급해 온 사랑에 관해 찾아볼 수 있다. 좋았으나 기억나지 않는 식당 이름이나, 저자 이름이 생각나지 않는 책 구절 같은 것을 검색해 보는 것도 도움이 된다. 찾아보았으나 잊어버린 꽃 이름, 그해 바다에 간 것이 몇 년도였는지, 누군가와 얼마 만에 만나는지 기억을 되짚어 보는 도구가 되었으니 내 영혼의 견인차나 다름없다.

사이 글
윤후의 방을 떠올리며

가본 적 없지만 지금 윤후의 그 방에, 그 방으로 이사하기 전의 방들에, 여러 번 초대되었던 기분이에요. 블로그에서 윤후의 방을 읽고 구경한 탓도 있겠지만요. 첫 책의 편집자로 운명처럼 윤후를 만나기 오래전부터 윤후가 온라인에 올려 주는 생활의 이야기를 아끼며 보아 왔어요. 그 지켜봄이 어지러운 나의 생활을 다시 가지런한 곳으로 데려다준 적도, 한껏 어지러워도 괜찮다고 안심시켜 준 적도 여러 번 있었고요. 어떨 땐 윤후의 사진에선 보이지 않는 방의 구석 자리들을 떠올려 보게도 되었어요. 기울어진 책탑, 한쪽 귀퉁이가 떨어진 벽의 포스터, 모서리가 해진 식탁처럼 윤후의 손길과 신경이 자주 닿을 그런 자리들이요.

유난히 더 말갛고 따뜻한 햇볕이 윤후의 의자, 부엌, 침대를 비추어 주길 바라요. 윤후도 나에게 그런 마음으로 응원과 안부를 보내 주었잖아요, 우리가 함께 두 권의 책을 짓고 한 권의 책을 나누어 쓰는 동안에. 각별한 그 시간을 넘어오는 사이에 주고받은 수많은 선물과 엽서, 그런 작고 반짝이는 것들이 앞으로도 계속 우리의 방에 쌓여 나가겠지요. 윤후가 나누어 주어 나의 방으로 데려온 예쁜 것들은 책상을 두른 시야 안에 놓여 모두 잘 지내고 있어요. 닮은 성정이 실마리가 되어 나를 헤아렸을 윤후가 내 손에 쥐어 보내 준 그 선물들의 빛이, 해가 들지 않는 날 방의 둘레를 여러 번 밝혀 호위해 주었어요.

우리의 닮은 구석을 원고나 대화 속에서, 혹은 표현하기 어려운 언어 바깥의 영역에서 발견할 때마다 흠칫 놀란 적도 많았지요. 이미 여러 번 말했지만, 우린 좋아하는 것과 싫어하는 것이 닮아 있다고 생각해요. 도대체 어떻게 닮아졌고, 어떻게 만나졌는지, 인연의 신비를 자꾸 헤아려 보게 되었어요. 나쁘고 힘든 일을 겪은 나를 보면서 윤후가 무조건 나의 편을 들어준 건, 세상만사를 겪은 끝에 방으로 돌아와 끙끙 앓아눕는 혼자의 슬픔과 분투를 윤후는 다 알고 있기 때문이었을 거예요. 단 한 명이라도 내 울음의 모양을 알고 있다는 든든함이 나의 온종일을, 한 시절을, 살도록 만들기도 했어요.

윤후에게 제일 처음으로 썼던 편지에서 나는 〈고마운 마음이 길고 길어서, 앞으로 오래도록 펼쳐 내어 전해야 할 것 같아요〉라고 적었었지요. 예언 같은 그 편지의 문장처럼, 말하고 써서 전하고 싶은 마음이 끝나지 않아 이 책을 함께 쓰는 시간으로까지 같이 오게 되었나 봐요. 윤후를 만나 목이 아프도록 말하고도 내 방으로 돌아와 〈이 말도 해야 했는데!〉 하며 아쉬워했던 적이 많아요. 가늠할 수 없는 미래이지만, 첫 편지에 새겨 둔 긴 여운의 문장이 앞으로도 계속 길어질 것만 같아요. 마침표가 없는 문장일지도 모르겠고요.

둘이 만나 마주 앉아 이야기 나눌 때 소리 내어 활짝 웃는 윤후의 얼굴을 좋아해요. 우리가 나누어 가진 웃음의 잔상이, 혼자의 방으로 돌아간 윤후의 어느 한 조각이라도 덮어 줄 수 있다면 좋겠다고 자주 생각했어요. 나는 윤후 앞에서 내 키보다 훨씬 높은 골대에 농구공을 넣어 버리는, 어느 날 이른 아침에 별안간 여긴 지금 바다라고 파도 사진을 찍어 보내는, 뜬금없이 주머니에서 꺼낸 초에 불을 붙여 축하 노래를 불러 주는, 그런 씩씩하고 엉뚱한 사람이 되어 윤후를

웃겨 줄게요. 웃는 바람에 날아간 시절의 먼지를 얼떨결에
전송하고 돌아간 방에서 서로의 마음으로 안심해요.

4

다시 다정의 방

와유(臥遊)하는 방

여태껏 나의 방에서 가장 적은 돈을 들이고 가장 작은 면적을 차지했던 부분이 잠자리이다. 지금 사는 방의 침대는 보통 고시원에서 쓰는 제일 작은 크기의 침대이다. 한쪽 벽면 전체를 차지한 책들과 책상을 넓지 않은 이 방이 감당하려면, 침대는 더 큰 걸 들여놓을 수 없었다. 키가 꽤 큰 내가 똑바로 누우면 위아래와 양옆이 가득 차는 크기인데, 옆으로 누워 웅크린 채 자는 습관 덕에 작은 침대가 그리 불편하진 않다. 가끔은 자세를 바꾸어 누우려고 등을 돌렸다가 바닥에 떨어질 위기에 처하기도 하지만 이제는 이 침대에서 떨어지지 않고 뒤척이는 방식에도 적응이 되었다. 침대가 옵션이 아닌 방에 살게 될 때면, 늘 이 크기의 침대를 사서 들였다. 원래 누워 있는 걸 그다지 즐기지 않고 잠도 많지 않아서 작은 침대가 내 생활에서 문제 되었던 적이 없었다. 줄곧 일찍 자고 일찍 일어나는 아침형 인간으로 살아오는 동안 늦잠을 자거나 늦도록 누워 뭉그적거리고 나면 죄책감이나 후회에 휩싸이곤 했다.

그런데 요새는 힘든 일이 있으면 자꾸 눕고 싶고, 긴 잠으로 도망치고 싶다. 잠드는 것이 어려워지다 보니 침대에 누워 있는 시간이 길어졌다. 작은 면적의 침대에 누워 몇 분에 한 번씩 왼쪽으로, 오른쪽으로 뒤척이면서 밤을 지새운 적도 많다. 캄캄한 방에 누워 손에 쥔 핸드폰 불빛으로 얼굴만 환해진 장면이 길게 흐를수록 멜라토닌은 점점 줄어가는 불면의 밤. 정신과 선생님에게 며칠이나 누워만 있었고 얼마나 긴 잠으로 도망쳤는지 얘기했더니 선생님은 신경 안정제와 수면 유도제를 한 알 늘리는 게 좋겠다고 하셨다. 약을 먹고 금세 잠이 들더라도 어쩔 땐 생생한 꿈들을 여러 겹으로 꾸다가 새벽에 몇 번이고 다시 깨어 버리기 일쑤다. 아직 세상이 다 깨어나지 않은 이른 새벽에 눈이 떠져서 방의 적막한 소리가 들리는 것이 싫다. 그래서 다시 잠들 수 있을 때까지 누운 채로 핸드폰을 붙잡고 일부러 소리를 키워 이런저런 영상을 재생시킨다.

누워서 핸드폰으로 보는 영상은 대체로 여기가 아닌 다른 시공간의 장면들이다. 핸드폰 화면 속, 아직 가보지 못한 외국의 어느 마을 풍경을 씩씩하게 걸어 다니는 사람들을 본다. 나무로 빼곡한 숲속 오두막집에서 평화롭게 사는 사람의 하루를 구경한다. 캠핑카 하나에 모든 짐을 싣고 훌훌 옮겨 다니는 누군가의 바퀴 달린 집을 엿본다. 움직이지 못하고 누워 있을 수밖에 없는 시간에 핸드폰 영상으로라도 세상을 재생시켜 두는 일에 유일하게 의지하는 것이다. 침대에 누운 나와는 괴리된 그런 다른 삶의 시청이 무기력에 도움이 될 때도 있고 오히려 악화시킬 때도 있다. 어쨌든 누워 있는 내가 하지 못하는 걸 영상 속 사람들은 해내고, 나는 그걸 보며 침대의 시간을 어떻게든 견딘다. 그것이 괴로운 견딤이든 때론 조금 노는 마음이 깃들었든 간에 누워서 빈둥거리는 시간이 길어지면, 기운 내서 일어나지 못하는 나를 자꾸 탓하며 미워하게 되는 게 문제다.

그렇게 가라앉아 누워 있던 침대에서 문득, 이건 조선 시대 문인들의 〈와유(臥遊)〉 같다는 생각이 들어 피식 웃었다. 와유를 글자 그대로 풀자면 〈누워서 놀다, 누운 채로 유람하다〉라는 뜻인데, 조선 문인들이 방에서 명승지의 그림을 보면서 그곳을 유람하는 상상을 했던 걸 말한다. 예컨대 자신의 방에서 금강산 그림을 감상하며 자신이 그림 속 금강산 곳곳을 실제로 누비는 상상을 해보는 식이었다. 이렇게 와유는 직접 가서 닿을 수 없는 공간과 시간으로 나를 데려다주는 꿈 같은 시간을 보내는 선비들만의 놀이법이었다. 그래서 내가 방의 좁다란 침대에 누워 핸드폰 영상만 뚫어져라 쳐다보면서 외국 어느 공원을 산책하는 상상, 자연 속을 거니는 상상, 씩씩하게 어딘가 활보하는 상상을 하는 게 조선 시대 선비의 와유랑 다를 바가 없다는 생각이 번뜩 들어 웃음이 난 것이다. 무기력에 의해서든 우울 때문이든 나도 누워서 놀며 유람하는 건 맞으니까. 한껏 누워서 게으름 피우면서도 그런 시간에 죄책감 느끼지 않고 그것이 선비의 한바탕 놀이이고 유람이라고 여겨 버리자, 이렇게 생각하니 마음이 좀 가벼워졌다. 끙끙 앓으며 분투해 온 한문학 공부가 뜻밖의 순간에 나를 살려 주기도 한다.

혼자에게 부끄럽지 않은 방

〈나만 알고 있는 나〉가 있다. 나만 느낄 수 있는 나의 심지. 그 심지에 불을 지피고 나면 〈나〉라는 방이 환하게 밝혀진다. 내 몸과 마음의 중심을 이룬 본성(本性)은 타인에게 쉽사리 발설하기 어렵다. 발설하지 않고 품은 채로 살아가는 편이 더 든든한 것도 같다. 사이토 마리코(齋藤眞理子)는 그의 시 「등심(燈心)」에서 〈촛불에 있어서 등심이 그렇듯 / 소중한 것은 아주 가녀리다〉라고 했다. 같은 시에서 그는 또한 〈그리고 아예 존재함에는 형체가 없다 / 촛불 하나가 방안을 밝힐 때 / 빛에 형체가 없듯〉이라고도 했다.* 촛불의 등심처럼 소중한 것은 가녀리지만, 정 가운데에 깊이 뿌리

* 사이토 마리코, 『단 하나의 눈송이』(서울: 봄날의 책, 2018), 53면.

내려 형체 없는 무언갈 밝히면서 존재를 증명한다. 나라는 사람의 성정을 밝히는 심지처럼 말이다.

혼자의 방에 불을 밝히고서 마주한 본성에 부끄럽지 않은 시간을 축적해 나갈 때, 인생이 의미 있다고 여겨진다. 이런 인생의 의미를 발견해 마주하도록 도와준 것이 나에겐 한문 공부이다. 바깥에서 드러나 보이는 나의 윤곽선이 일그러지거나 흐려져도 내 안에 켜둔 심지의 불꽃이 꺼지지만 않으면 괜찮게 살 수 있다는 사실을, 한문학의 세계에서 과거인들로부터 배웠다. 기원전 중국에서 지어진 『시경(詩經)』 속 대아(大雅)의 「억(抑)」이라는 긴 시의 한 대목에는 다음과 같은 구절이 쓰여 있다.

> 그대가 방에 홀로 있는 때를 보아도,
> 방 모퉁이에조차 부끄럽지 않아야 한다.
> [相在爾室상재이실, 尙不愧于屋漏상불괴우옥루]

이 부분을 읽으면 사서(四書)의 하나인 『중용(中庸)』에서 말하는 〈혼자 있을 때 삼가는 것[愼獨]〉의 개념도 함께 떠오른다.

숨겨진 곳보다 더 잘 드러나는 곳이 없고,
작은 일보다 더 잘 나타나는 일이 없으니,
군자는 홀로를 삼간다.
[莫見乎隱막현호은, 莫顯乎微막현호미,
故君子愼其獨也고군자신기독야]

타인의 시선으로부터 차단된 방 안에 혼자 있을 때도 부끄러운 짓을 하지 말라는 가르침이 담긴 경서의 문장들이다. 숨겨진 공간에서 혼자의 시간을 보낼 때 나의 어떤 면모들은 적나라하게 드러난다. 혼자이기에 서슴없이 행하는 한 조각의 은미(隱微)한 언행에서, 나라는 사람이 실제로는 어떤 내면으로 이루어져 있는지 그 모양새를 들키게 되는 것이다. 홀로인 방 안에서 방 귀퉁이에도 부끄러운 짓을 저지르지 않는 건 쉽지 않은 일일 테다.

옛 학자들은 누가 알아주지 않아도 꿋꿋이 학문에 임하며 정도(正道)의 길을 걷는 삶을 동경했다. 그래서 타인을 위한 공부인 〈위인지학(爲人之學)〉이 아니라 자기 자신을 위한 공부인 〈위기지학(爲己之學)〉을 더 고등의 단계로 여겼다. 스스로에게 부끄러움 없이 떳떳한 생을 일구어 나갈 때만 향유할 수 있는 보람과 기쁨이 있다고, 선배 학자들은 여러 글을 통해 외치며 후대의 우리에게 전해 주고자 했다. 한때의 나를 구했던 공부가 곧 선인들이 말한 위기지학이었을 것이다. 위기지학이 이루어지는 방은 혼자에게 부끄럽지 않은 방이다. 그 어떤 보상이나 이익을 바라지 않은 채 순전히 나의 내면을 가다듬기 위해 하는 공부, 심지에 불을 지펴 내 성정을 만날 수 있도록 도와주는 공부. 그런 공부의 시공간에 놓여 있을 때 충만한 행복을 느낀다. 과거의 세계를 지금의 내 방으로 데려와 읽는 것이 나의 직업이라는 게 몹시 감사하다. 지금을 살아가는 나에게로 다가오는 것들, 나의 걸음이 찾아가게 되는 곳들은 어쩌면 아주 오래전 과거부터 이미 나에게 와 있던 것, 내가 가보았던 곳일지 모른다는 생각이 든다. 익숙함과 새로움을 동시에 느끼는 세계 안에서 나는 제일 안심한다. 일찍이 공자(孔子)가 이야기했던 〈온고지신(溫故知新)〉이 홀로인 나의 방에서 이루어진 것일 수도 있다.

영추문(迎秋門)이 내다보이는 방

창문 바깥으로 보이는 것은 이 건물보다도 키가 큰 플라타너스 한 그루, 건너편 경복궁의 영추문(迎秋門), 궁궐의 담을 따라 걷고 달리고 바라보고 사진 찍는 사람들, 도로의 흘러가는 자동차들, 그리고 이 모든 풍경을 향해 하늘에서 내려오는 눈송이들. 움직이는 크고 작은 알갱이들이 커다란 창문을 가득 채웠다. 창문에 가깝게 날아와 닿는 눈송이는 솜사탕 한 조각 같고, 건너편 영추문 현판 앞에 아른거리는 눈송이는 점들처럼 자그맣게 부서져 내린다. 오늘 하루의 낮과 밤, 이 풍경 앞에서 글을 쓸 수 있는 방에 도착하기 위해 그동안 그토록 생활을 힘들어했나 보다, 이런 생각이 들 만큼 황홀한 방을 나는 찾아와 있다.

설 연휴의 경복궁 풍경을 거니는 사람들은 대체로 옹기종기 가족 단위이다. 혼자의 시선으로 남의 가족을 바라보는 명절이 처량하지 않냐고, 가족들이 섭섭해하지 않냐고, 집안의 장녀가 그래선 되겠냐고 질책이 서린 물음표를 던지는 이들의 목소리가 귀에서 맴도는 듯한데, 나는 여러 번의 명절을 혼자서 보냈다. 물론 정말로 일이 바빠서 며칠을 할애해 고향에 다녀올 시간과 체력의 여유가 되지 않는 이유가 크나, 다른 많은 이는 나만큼 바쁜 와중에도 틈을 내어 명절마다 고향에 간다. 죄책감이 들지만 나는 사실 가족이라는 공동체가 좀 어렵다. 왜 가족이 어려울까. 인터넷 영상에서 전문가 선생님들은 가족을 어려워해도 혹은 미워해도 괜찮다고, 그런 자신에게 죄책감 갖지 말고 자신의 편이 되어 주라고 이야기한다. 그러나 힘겨워하면서 누적되어 온 긴 세월만큼, 몇 사람의 충고로 그 깊은 슬픔을 금방 떨쳐 버리는 게 쉽지 않을 것이다. 가족 안에서 혹은 밀접한 인간관계 안에서, 나에게는 〈예민한〉이라는 수식어가 흔히 붙었다. 나를 가장 사랑하는 사람들이 나에게 아프고 모질게 상처 주는 법을 제일 잘 알고 있는 것만 같다. 나에겐 그것이 상처라서 아프다고 소리 내면 나는 결국 예민한 사람이 되고야 마는데, 그로 인해 관계가 시끄러워지더라도 난 도

무지 아픈 게 참아지지 않았다. 이런 이야기를 가족들이 읽고 들으면 충격받아 너무나 마음 아파할까 염려되기도 한다. 뾰족하게 돋은 결정체의 눈꽃 송이들이 녹아 물방울로 모이듯, 나의 예민한 뾰족함이 우리를 찌르지 않고 녹여 화해시켜 준다면 좋을 텐데.

아침부터 어두워진 지금까지 잠깐도 쉬지 않고 눈이 내린다. 내리는 눈 속에 놓인 영추문의 장면을, 맞은편 건물에서 온종일 꼬박 지켜보는 중이다. 우산을 쓰고 영추문을 드나드는 관광객들도 드문드문 있었다. 과거 조선 시대엔 저 문으로 당대의 문인 학자들이 수없이 오갔을 것이다. 평상시에 이 거리를 지날 땐 밑동의 무늬에만 눈길이 갔던 플라타너스를 건물 3층에서 바라보니 나뭇가지 끝자락에 까치가 지어 둔 집이 보인다. 자기가 사는 방을 원하는 나무에 직접 짓는 새들이 몹시 멋지다는 생각을 처음으로 해본다. 그리고 영추문 곁의 나무 꼭대기엔 누군가 끈을 놓쳤을 파란색 풍선이 걸려 있다. 어디에서 날아온 풍선일까. 새해의 첫 행운은 이 공간으로 날아와 이 시간을 누린 것일 테다. 새해의 눈송이들을 바라보다가 떠오른 고마운 친구가 있어서 망설이지 않고 곧장, 떠올라서 마음이 환해졌다고 메시지를 보냈다.

잠결에 창밖을 보았더니 잠깐 그쳤던 눈이 다시 쏟아지고 있다. 영추문 건너편 가로등 불빛 아래로 눈발이 선명히 잘 보인다. 바람이 불지 않는 순간의 눈발은 마치 무중력 상태를 천천히 유영하는 듯 보인다. 그러다 다시 플라타너스 나뭇가지 끝에 매달린 마른 잎들이 바람에 부딪는 소리가 들려 내다보면 눈발은 사선으로 격렬히 쏟아지고 있다. 보고 싶었던 창문을 가진 방을 잘 찾아왔다. 나는 겪지 않아도 될 슬픔을 겪는 적도 있지만, 때마다 나에게 필요한 적재적소의 방으로 나를 데려가게 되는 행운을 품고 사는 사람이라 다행이다. 나에겐 이런 방들이 몇 개 더 있다. 저물어 가는 마음을 다독여야 할 땐 늪의 노을이 보이는 방으로 나를 데려가고, 걱정 없이 시간을 잊고 잠에 빠져들고 싶을 땐 비가 들이치는 파도의 방으로 나를 데려간다. 영추문이 내다보이는 이 방도 이제 그런 특별한 방이 되어 자꾸 오게 되겠지. 생활의 내 방으로 돌아가서도 한동안은 자려고 누워 눈을 감으면 영추문 실루엣을 배경으로 가로등 불빛이 번지고 그 안에서 눈이 내릴 것이다.

아침 볕에, 잠에서 깨어나니 여전히 창밖은 눈의 세상. 햇살이 비추는 눈 알갱이들은 별들이 날아다니는 것처럼 반짝거린다. 새해 첫날이다.

흐린 기억의 방

나는 기억력이 좋아서 사람들을 놀라게 하는 재주가 있다. 모두가 간과했던 아주 작은 조각, 우리가 함께 느꼈던 미묘한 감각 같은 걸 잊지 못하고 오래도록, 아니 영영 기억한다. 그런데 어떤 방은 기억이 잘 나지 않는다. 세세히 기억하고 싶지 않아서일 것이다. 좋은 기억보다 잊고 싶은 기억이 더 많았던 시간을 견디며 살아 낸 방. 혹은 좋은 기분만 기억하고 싶어서 나쁘고 어설픈 건 애써 숨겨 둔 방. 그런 방은 대표적 사건, 대표적 장면, 대표적 감정 하나로만 각인되어 있다. 창문을 열면 커다랗게 장례식장이 내다보이던 작은 바다 마을의 모텔, 점집과 나란했던 낡은 원룸, 천장에 붙여 둔 별 모양 야광 스티커가 흐려지던 침실, 불을 켠 채

잠들었다가 가위에 눌려 깨던 게스트 하우스, 옷을 빼곡하게 걸어 둔 옷걸이가 별안간 기울어져 와르르 무너졌던 반지하방.

지금 사는 방은 미용실 위에 지어졌다. 201호 내 방 아래인 1층엔 이 동네에서 파마 잘하는 집으로 소문난 미용실이 성행 중이다. 내 방의 절반 면적 정도 되는 좁은 미용실에 이른 아침부터 저녁까지 많은 파마 손님이 다녀간다. 이 사실을 내가 보지도 않고 알 수 있는 건 냄새 때문이다. 창문과 대문을 통해 새어 들어오는 진한 파마 약 냄새를 맡으며 아침 잠에서 깨어나기 일쑤다. 처음 이 방에 이사 오던 날, 미용실 앞 평상에 아주머니와 할머니 서너 분께서 비슷한 스타일로 파마 롤을 말고 대기 중인 장면을 보았다. 그땐 그 장면이 귀엽다고만 생각했다. 파마 냄새가 이 방 생활의 스트레스 요인이 되고야 말았는데 문제는 그 미용실이 나의 방 주인, 이 건물주 부부가 운영하는 곳이라는 데에 있다. 건물주 부부, 그러니까 함께 미용실을 운영하는 두 분에게 파마 약 냄새로 인한 고충을 상담했더니 대뜸 〈절이 싫으면 중이 떠나세요〉라고 했다. 주인만이 할 수 있는 자신만만한 말이었다. 아마 마음에 드는 다른 주거 공간이 나타나면 미련 없이 그곳으로 떠날 것이다. 세월이 꽤 흐른 뒤

돌아볼 이 방은 파마 약 냄새의 감각으로만 남아 나머지 기억은 흐려져 있을 것 같다.

기억하고 싶지 않은 방이라 해도 그 방을 압도하는 하나의 감각은 남는다. 잠시일지라도 한 공간을 집이라 여기며 그 안에서 매일 씻고 잠자고 먹고 읽고 쓰면서, 나와 공간이 합치됐던 기운의 힘은 꽤 세다. 하지만 워낙 다양한 방에서 거주해 보았고 홀로 떠돌아다닌 여행지의 숙소도 셀 수 없이 많기에 어떤 방은 잊어야 다음의 삶을 살 수 있다. 마음에 들지 않았던 주거 공간에서의 기억 대부분을 잊고 요약본의 기억으로만 남겨 두는 건, 살기 위한 나의 방책이라고도 할 수 있다. 내가 머물렀던 각기 다른 모양의 모든 방에서의 기억을 낱낱이 다 기억하며 끌어안고 살아야 한다면, 내 미래의 날들은 너무나 가혹하게 무거울 것이다. 평생의 추억으로 남아 수없이 곱씹어 재상영해 볼 줄 알았던 먼 여행지의 숙소들도 이제는 다 어렴풋해져 버렸다. 오스트리아 빈에서 2주 동안이나 묵었던 어느 호텔은 비 오는 날 비 냄새를 맡고 싶어 창문을 열었다가 맞은편 건물 복도에서 담배 피우던 사람과 눈이 마주쳤던 기억만 선명하다. 이런 식으로 꽤 오래 지냈음에도 불구하고 어떤 방은 방의 구조나 화장실의 모양 같은 게 하나도 떠올려지지 않고 단 하나의 사건이나 장면으로만 각인되는 것이다.

조만간 또 먼 곳으로 긴 여행을 떠날 예정이다. 우선 첫 2주 동안 머물 숙소만 예약해 둔 상태인데, 아마 적게는 대여섯 개, 많게는 열댓 개의 방을 지나칠 것이다. 이번 여행은 최근 몇 년 동안 비슷한 마음으로 흘러온 생활에 변곡점이 필요해 떠남을 결정했다. 국면을 바꿀 수 있는 지점을 찾게 된다면 이 긴 여행은 그 변곡점을 발견한 강렬한 기분으로 저장되겠지. 긴장한 채 낯설게 머물렀던 방들의 도움으로 나를 기다리는 변곡점에 무사히 도착하고 나서는, 지나온 시공간의 채도와 선명도가 현저히 옅어질지도 모른다. 렌즈를 낀 눈을 무심코 세게 비비다가 렌즈가 빠져 버려 흐려진 시야로 보이는 장면처럼, 어른거리는 기억의 방들로 말이다.

이름이 다른 두 개의 방

아주 오래전 세상을 살았던 누군가의 방들, 그리고 그 방들의 이름을 하나씩 곱씹어 읽으며 박물관을 천천히 걸었다. 음악의 방, 거울의 방, 계절의 방, 영원의 방, 세계의 방……. 방에 살았던 사람은 사라졌지만, 그 사람이 방에서 보낸 시간의 얼룩은 방의 이름으로 남았다. 한 권의 책에 부여된 제목이 글들의 주제와 내용을 아우르는 것처럼, 방에 붙여진 이름은 방에 사는 사람이 보낸 날들의 모양을 결정지었을 테다. 수행하는 역할에 따라 저마다의 이름이 붙여진 방들. 하나의 방 안에 들어온 사람은 단 하나의 이름으로만 존재하는 것이 규칙인 방들. 방 2에서는 방 1에서의 삶을 잊는 것이 규칙인 방들. 나의 세계에서 운영 중인 방들에서도 그런 규칙이 철저히 지켜졌으면 좋겠다고 생각했다. 그러니 나의 방에도, 시절에도, 이름이 필요했다.

삶의 어느 한때와 걸맞은 이름을 붙여 주기 시작한 지는 꽤 오래되었다. 나에게 주어진 시간을 마음대로 운용할 수 있게 된 대학생 때부터 그랬다. 학기가 시작되면 다이어리를 사서 그 학기를 대표하는 단어나 문장을 떠올려 제일 첫 장에 제목처럼 적어 두었다. 어떤 때는 〈균형, 밸런스!〉라고 적었고, 어떤 때는 〈안 해본 짓을 저지르자〉라고 적기도 했었다. 책의 제목을 먼저 지어 두고 글을 써나갈 때 미래의 글들은 과거의 제목으로 모여들듯이, 시절에도 이름이 생기면 조금이라도 그와 닮은 시간을 보낼 수 있었다. 무엇보다도 이름을 붙여 준 시절은 이름이 생기는 시점에 시작되었다가, 어느 때가 되면 자연스럽게 문이 닫힌다는 사실이 좋았다. 이름의 무게가 쌓이던 시절의 기분이 한순간에 하나의 방에 가지런히 들어앉았고, 그러면 비로소 방의 문을 닫고 나와 다음 방을 찾아 떠날 수 있었다. 후련한 숨을 내쉬며 길을 나서, 다음 방에서 붙잡고 살아야 할 이름을 떠올렸다. 떠오를 미래의 단어와 문장에 많은 걸 맡겨 두는 방식은, 내내 유별나게 살아오는 동안 유일한 믿는 구석이었던 것 같다.

지금 공부하고 논문 쓰는 연구실의 이름은 〈무우헌(無憂軒)〉이라고 지었다. 〈근심이 없는 방〉이라는 뜻이다. 연구실에서만큼은 공부 말고 다른 걱정 없이 연구에만 집중하는 고요를 누리길 바랐다. 글 쓰는 방의 이름은 〈희풍당(喜風堂)〉 즉, 〈기쁜 바람이 불어오는 방〉이다. 희(喜)는 기쁨, 풍(風)은 바람, 가르침, 소식, 노래 등의 의미를 아우른다. 엄정한 연구의 방에서 배우고 깨우친 것을 희풍당에선 기쁘게 노래하듯 훨훨 글로 쓰고 책을 짓고 싶었다. 연구의 방에서는 공부와 논문 쓰기의 생활이 열렬히 이루어졌고, 그러다 어느 순간 번뜩인 특별한 감흥은 글쓰기의 방으로 가져가 문학의 언어로 썼다. 공부의 길에 들어서면서 이름과 역할이 다른 두 개의 방 열쇠가 손에 쥐어졌음을 깨닫고 제일 먼저 〈두 방의 다른 나를 나란히 데리고 가자〉라는 원칙을 세워 두었다. 연구하는 마음과 글 쓰는 마음의 방이 서로 뒤섞이지 않은 채 서로 독려하며 나란하게 운영하리란 선언은, 첫 책을 기획할 때부터 큰 소리로 외쳐 온 것이었다. 두 개의 방은 개별적으로 운영해야만 각 방에서 누리는 즐거움과 보람이 방해받지 않고 순전하리라 여겼다. 사서오경(四書五經)의 고아한 경전(經典)을 연구 대상으로서 접근할 때 작동되는 사유 방식과, 문학적 반응이 일어나 나만의 글을 창작하고자 발동하는 원동력은 모양이 다르다. 연구자와 작가라는 두 개의 정체성을 전혀 별개로 마주하며, 뚜렷이 구분되는 문법으로 이야기를 풀어나가고 싶었다.

사실 두 방은 이름만 있는 방이지, 실제론 나의 자취방 안에 겹쳐 있는 공간이다. 이 방에서 연구를 할 땐 〈무우헌〉이란 팻말을 달고, 글을 쓸 땐 〈희풍당〉이란 팻말을 가져와 갈아 끼운다. 각 방에 입장하기 전엔 다른 얼굴과 목소리, 다른 펜과 종이를 준비한다. 방에 들어서 탁, 불을 켜고 나면 그때부턴 그 공간에서 내가 지어야 하는 표정을 짓고 써야 하는 글을 쓰며 해야 하는 말을 한다. 그러나 생각처럼 무우헌의 불을 켜고 들어갔다가 불을 끄고 나와서 곧장 희풍당으로 향하고, 다시 무우헌으로 돌아가는 생활이 칼로 무 자르듯 쉽지 않았다. 두 방을 단기간에 몇 번씩 오가야 할 적에는 불을 껐다 켜는 찰나 동안 금세 다른 나로 바뀌는 게 어려웠다. 심신의 상태에 따라 두 개의 방, 두 개의 나는 실마리를 찾지 못할 만큼 엉켜 버렸다.

그럼에도 결국에 둘은 또 잘 화해해 무우헌은 무우헌대로, 희풍당은 희풍당대로 평행하게 존재하는 평안이 찾아왔다. 두 방은 서로가 존재하도록 북돋아 준다. 두 방을 오가는 여정이 어떻게 유연해질 수 있을지는 다음 논문, 다음 책을 쓰면서 계속 지켜보며 풀어 나가야 할 숙제일 것이다. 두 갈래의 작업이 앞으로 어떤 모양새의 길을 만들며 흘러갈지 궁금하다. 누군가는 나더러 두 가지를 다 잘하려 애쓴다며 욕심이 너무 많은 게 아니냐 질책했다. 하지만 나로서는 두 방을 나란히 데리고 가는 삶 말고는 이보다 더 이상적인 다른 형태의 삶이 꿈꿔지지 않는다.

무우헌에서

나에게로 오는 것들, 내가 찾아가는 곳들은
어쩌면 아주 오래전부터 나에게 와 있던 것, 내가
가보았던 곳일지도 모른다. 새로움과 익숙함을
동시에 느끼는 세계 안에서 나는 제일 안심한다.
공부하는 사람으로 살면 영영 그럴 수 있을 것
같다. 무지 좋아하지만 어려운 공부를 하면서
힘들어지고 싶지 않아도 어김없이 힘들다. 힘들고
나야지만 균형을 이루는 어떤 변곡점을 찾아
그쪽으로 나아갈 용기가 생긴다. 차가운 늦겨울의
이른 아침, 〈고전 문학의 이해〉 수업 강의실에
덩그러니 혼자 앉아 공부의 삶을 가늠해 보며
설레어 울렁거렸던 대학 1학년 때의 기억이,

용기의 뿌리이다. 용기의 마침표가 영영 찍히지 않고 다음, 또 그다음을 기약했으면 좋겠다.

희풍당에서

쓰고 싶은 말을 한껏 품은 채 쓰지 못하고 살았던 생활로 돌아가는 악몽을 종종 꾸었다. 나는 이미 쓰는 법을 알아 버렸고 쓰는 일에 기대어 사는 든든함과 기쁨도 알아버렸기에, 어떤 상황에 놓이더라도 예전으로 돌아가지 못하도록 애쓰리란 걸 알지만 악몽을 꾸는 것만으로도 너무 슬픈 일이다. 종착지 다음의 종착지, 또 그다음 종착지들에 도착할 미래에도 아무튼 계속 쓰고 싶은 걸 쓸 수 있었으면 좋겠다. 악몽을 꾸게 할 만큼 애타게 바라는 건 그뿐인 것 같다.

나는 당분간 계속 이 두 방의 삶을 동시에 살길 바란다. 그렇지만 언젠간 두 방의 삶이 양옆으로 나란한 게 아니라 〈두 겹의 하나〉로 합일되는 날이 올지도 모른다고 생각한다. 그때는 지금보다 좀 더 진짜 나답게 사는 기분이 들까? 그랬으면 좋겠다. 나다운 것이 무엇일지 형용할 말을 골라

보자면 지금으로선 〈자유로움〉이 제일 먼저 고개를 내민다. 언제나 커다란 희망 사항은 자유를 꿈꾸는 쪽이다. 속박된 상태의 생활에 놓이게 되는 즉시 그로부터 도망칠 궁리를 하느라 하루를 다 쓴다. 이름이 붙여진 두 방을 건너다니는 동안 이름 없이 그냥 존재하기만 해도 되는 상태를 열렬히 바라게 될 때가 있다. 이름은 곧 부담이기 때문이다. 어쩌면 나는 한 번도 가져본 적 없는 〈무명(無名)의 방〉에서 제일 평안과 안온을 느낄지도 모른다. 〈두 겹의 하나〉로 합일된 그 방은 이름이 필요 없는 방이다. 이름이 없어서 주소도 없는 방. 주소를 몰라서 나 말고는 아무도 찾아오지 못하는 방. 세상에서 오로지 나만 알고 있는 방. 그런 방을 기어코 찾게 될 것이라는 예감이 든다.

5
다시 윤후의 방

비밀 기지

나는 기계를 좋아하지 않는다. 작동하는 법을 익히는 것은 매우 어렵고 복잡한 일이며, 사람을 상대하는 일과 다른 피로감을 느낀다. 특히 긴박함을 가지고 움직이는 기계들 앞에서는 얼음이 되어 버린다. 수많은 청중을 앞두고 있는 스피커와 앰프, 마이크 같은 것이 그렇다. 꼬인 마이크 줄에 걸려 넘어져 무대 위에서 난동을 부리게 되거나, 사람들의 고막을 울리는 잡음을 내고야 마는 상상을 하는 나로서는 기계와 친하지 않다고 말하는 것이 옳다.

그런 내가 방송반에 들어가기로 결심한 것은 방송반의 방음문 때문이었다. 교실의 헐거운 문들과는 차원이 다른 문이었다. 손잡이를 있는 힘껏 쥐고 돌려야만 잠기는 문, 온

통 방음재로 도배된 어둡고 컴컴한 문이 좋았다. 저 문을 열고 들어가면 마치 진공 상태 속에 있는 기분이 들 것 같아서였다. 가끔 구름다리를 지나 방송반을 지날 때마다 그곳을 들락날락하는 선배들을 흠모하곤 했다. 마이크 줄을 돌돌 감아 팔에 걸고 무거운 스피커와 장비를 나르는 노동의 현장이 전부이긴 했지만. 가끔 점심시간에 틀어 주는 노래들과 사이사이의 간지러운 멘트를 읽는 변성기가 지난 쉰 목소리를 들을 때에도, 한 번도 가본 적 없는 방송반 풍경을 떠올려보곤 했다.

방송반 면접이 있던 날 나는 아나운서를 지원해 기다리고 있었다. 방송반에서는 엔지니어, 카메라, 아나운서를 각각 모집했는데, 아나운서 경쟁률이 가장 치열하고 높았다. 남고에서의 아나운서란, 기계는 싫어하지만 전체 조회 시간에 방송반에 숨어 놀기 좋다고 생각하거나, 기계에는 전혀 관심이 없는 아이들에게 선망의 대상이었을지도 모른다. 뺀질뺀질하게 생긴 아이들 사이에서 나는 긴장한 얼굴로 선배들의 면접을 기다렸다. 가장 애창하는 노래 두 곡을 준비했다. 한 곡은 방송반에 맞춰 개사까지 했으니 준비한 대로 노래를 부르면 되었다.

운이 좋게도 방송반에 합격해 신입생으로 들어갈 수 있

었다. 아나운서 선배들은 역시나 예상했던 것처럼, 기계에는 별 관심이 없고 자주 어딘가에 걸터앉아 있거나 불러도 잘 오지 않는 사람들이었다. 대대적으로 학교 기강을 잡는다는 이유로 점심 음악 방송은 폐지되었고, 아나운서의 할 일은 1교시 전 아침 교육 방송이 녹화된 비디오를 제때 트는 것. 잔심부름을 하고 카메라와 엔지니어에게 필요한 장비를 함께 옮겨 주는 일이 전부였다. 나는 최선을 다해 그들을 돕고, 무엇이든 배울 마음도 있었지만 가장 기대가 되는 것은 아침 교육 방송을 억지로 시청하며 문제집 푸는 시늉을 하지 않아도 되는 것이었다. 비디오테이프를 넣고 몇 개의 버튼만 조작하면 가능한 일인지라 기계도 금세 능숙하게 다룰 수 있게 되었다.

많은 사람이 강당이나 운동장에서 견디기 힘든 시간을 보낼 때, 나는 언제나 방송반이라는 핑계로 행렬에서 이탈해 방송반 안에 있었다. 가끔 모진 선생님들이 찾아와 〈너희들은 여기서 뭐 하고 있어!〉 하며 우리가 누리려는 작은 도피의 시간을 앗아 가곤 했지만. 문을 잠그고 없는 시늉을 하거나, 창틀에 기대어 비틀거리는 사람들을 몰래 훔쳐보는 것만으로도 작은 일탈을 느끼는 것만 같았다.

방송반 동기 중에는 키가 작고 왜소한 체구를 지닌 친구가 있었다. 그 아이는 누가 말만 걸어도 얼굴과 귀가 빨개지는 아이였다. 잡담은커녕 시키는 것들을 성실히 수행하기만 하는, 방송반의 기계로 불리던 친구는 나와 단둘이 있을 때 어색함을 견디고도 남는 아이였다. 그런 것을 참지 못하는 나는 이것저것 귀찮게 물어보기도 했고, 지난 모의고사 점수나 희망하는 대학 같은 궁금하지도 않은 것을 일부러 물으며 그와 친해지려고 노력했다. 그와 친해지고 싶었던 것은 음악에 대한 조예가 무척 깊어서였다. 말이 없던 그는 영국 모던 록 밴드를 추종하는 그루피처럼, 아는 노래나 가수 이야기만 나오면 신이 나게 떠들었다. 그에게서 얻어들은 노래를 생각하면, 언젠가 좋은 것으로 돌려주고 싶을 만큼 많다. 고요한 방송반 안에서, 학생으로서 지켜야 할 시간을 벗어나 이어폰을 나눠 끼고 음악을 듣던 그 시간은 잊을 수가 없다. 가끔 그렇게 딴짓하다가 방송반 담당 선생님에게 걸려 혼이 날 때에도, 그는 청소년 드라마의 선한 주인공처럼 〈제가 하자고 그랬습니다. 얘는 아무 잘못 없어요〉 같은 씨알도 먹히지 않는 변명으로 나를 변호해 주었다. 옆에서 나는 덩달아 두 배로 혼이 나도 괜찮았다. 우리는 집 방향도 다르고, 나는 문과에다가 그는 이과였으므로 마주칠 일이 더더욱 없었는데도 조금씩 친해졌다. 그 친구가 방송반에 있는 모습이 보기 좋았다. 견딜 수 없는 시간에서 벗어나 온전히 자기만의 도피처를 찾은 것 같은 모습을 볼 때마다, 어떤 공간에 잘 어울리는 사람의 모습이란 이런 것이겠구나, 하고 생각했으니까.

방송반의 우리는 졸업식 날이 되어서도 마이크 줄을 감는 후배들에게 잔소리를 하고, 덜렁대다가 바닥에 떨군 스피커를 줍고, 방송반에 모여 수고했다고 바깥에서는 전혀 들리지 않는 방음 속에서 인사를 나누었다. 졸업해 대학에 간 먼 기수의 선배들은, 일면식도 없는 내가 그 대학에 면접하러 갔다는 이유만으로 밥을 사주거나 기숙사에서 몰래 재워 주기도 했다. 지금 생각해 보면 불가능한 일이었는데, 다들 안식처를 나누었던 기억 때문인지 따뜻하게 대해 주었다. 다시는 느낄 수 없는 친절 같아서, 지금은 낯설고 생경한 명찰 속에 새겨진 이름을 홀로 불러 보곤 한다. 그리고 방송반 문을 열면 언제나 귀를 쫑긋하고 듣던 이어폰을 빼며 인사를 하던 그 친구의 모습까지도. 학교를 떠나서도 우리는 다시 안식처를 찾아다니겠지. 그곳에서 만나 안심하는 순간을 나누면서, 고요히 서로 좋아하는 것을 들려주겠지. 그 마음이 꼭 훔친 것 같은 것은, 세상이 허락하지 않은 시간에 나를 지켜낸 일이기 때문이겠지.

가구 옮기기

장대비 같은 마음의 고난이 찾아오면, 나는 어김없이 방 안 가구를 옮긴다. 같이 사는 동생이 가장 싫어하는 시간. 난데없이 난장판을 만들어 멀쩡한 가구를 이리 옮겼다 저리 옮겼다 시름하는 나를 보는 게 견디기가 어렵다고 한다. 특별히 가구의 위치가 불편해서 옮기는 것은 아니다. 은유에 기대고 싶은 것인지도 모른다. 장대비가 그치고 수몰된 마음 하나씩 꺼내어 말리고, 정돈하고, 가지런하게 놓는 순간부터 괜찮아진다고 스스로 속고 싶은 것인지도 모른다. 지금보다 더 가볍고 저렴한 가구를 가지고 있었을 때는, 가구 옮기는 주기가 빈번하기도 했다. 방의 변모를 통해 마음의 고난을 이겨 낸 것은 나만의 처세술이었다.

가구 하나를 드러내면 많은 것을 확인할 수 있다. 잃어버린 볼펜이나 사진을 발견하기도 하고, 평소 볼 수 없었던 먼지 귀신들이 들러붙는 장경이 펼쳐지기도 한다. 가구에 짓눌린 장판을 보기도 하고, 이토록 방이 넓었나 하고 있었던 자리를 투시해 보기도 한다. 가구의 뒷면, 그 이면을 보는 일은 생경하기에 옮기다 만 채로 주저앉아 가구의 모습을 샅샅이 들여다보는 일도 재밌다. 생각했던 것과 다르게 길이가 너무 모자라거나 남아서 위치를 원래대로 돌려놓는 일도 허다하다.

가구를 옮기기 위해서는 가구를 비워야 쉬우므로, 비우면서 버릴 것들을 정리하게 된다는 점도 가구 옮기기에서 중요한 일이다. 끌어안고 살았던 편지들을 삽시간에 돌보며 분류하는 우체부가 되었다가, 옷 더미 속에 쌓여 계절을 분간할 수 없는 빈티지 옷 가게의 주인이 되었다가, 헌책방 주인이었다가, 썰렁한 문구점 주인이 되기도 한다. 이 모든 짐을 분간하면서 확실한 것은, 어쨌든 이 방의 주인은 나라는 사실이다.

가구 옮기기에 중독된 것은, 가구를 모두 옮기고 말끔하게 정리된 상태로 방에서 맞이하는 첫 잠 때문이기도 하다. 가구를 옮기느라 진이 다 빠진 탓이기도 하지만 그날만큼은 확실한 잠이 보장된다. 그리고 아침에 일어나 눈을 떴을 때, 다소 생경한 풍경에서 일어나는 것도 삶에 새로운 리듬을 찾는 방식이 된다.

외출을 마치고 돌아와 새로운 자태로 나를 기다리는 방에 들어서면, 마치 어제의 후줄근하고 피폐했던 내가 방 밖을 떠난 오늘의 나를 응원하는 풍경처럼 느껴지게 된다. 옷도 아무렇게나 벗어 던질 수 있지만, 가구 옮기기를 마치고 당분간은 옷을 가지런히 개켜 두고, 제때 옷장에 걸어 둔다. 몸가짐 마음가짐 모두 가지런해진다. 나를 곡진히 초대함에 대한 응답이라도 하는 것처럼 말이다.

물론 일순간 생활의 굴레 속에서 이 리듬은 끊어진다. 초심을 잃고, 방 가구의 구조가 다시 익숙해지다 못해 지겨워지면 나는 또 방 가구 옮길 궁리를 하게 된다. 변주한 풍경을 아늑히 여기면서 끊임없이 변주하는 일로 가구 옮기기를 실천한다.

금요일의 의기

취업과 글쓰기를 병행할 수 있을지 궁금해하는 독자들의 질문을 참 많이 받았다. 쓰는 몸으로 갈아입을 수 있는 시간을 만들어 전환해 보라고 권유했지만 나에게 하는 말이기도 했다. 회사 생활을 끝마치고 돌아온 금요일 저녁에는 미사일처럼 단단한 스테인리스 텀블러에 시원한 커피를 가득 담고 책상 앞에 앉는다. 직장인의 몸을 벗고 쓰는 사람이 된다. 벌거벗은 느낌이 필요하지만, 보통은 피로감 때문에 쓰는 사람의 몸을 덧입고 가동성이 불편한 두툼한 몸집이 되어 아등바등한다. 졸음과 싸우며 밀린 메일을 읽고, 청탁서에 적힌 날짜를 부랴부랴 달력에 적어 두고, 써야 할 원고 순서를 정한 뒤에는 이미 정신이 혼탁해진 상태다. 일격의 역습을 당한 패잔병이 되어 컴퓨터 앞에서 영양제를 구매하거나 오래전 열렬히 보았던 옛날 드라마의 클립 영상을 보면서 해찰할 때가 훨씬 더 많다. 금요일의 의기투합은 자주 실패로 끝이 난다. 주말에는 밀린 업무를 해치우는 바쁜 사람이 되어 방 안에서 꼼짝도 하지 않는다. 날씨가 좋은데 집에만 있었냐는 사람들의 의아한 질문이 매섭게 느껴지기도 한다. 가끔은 서운하다. 금요일 밤의 방은 세상 벼랑에 서 있는 사람이 되는 기분이었으니까. 고꾸라지지 않으려고, 발뒤꿈치에 온 힘을 다해 싣고 버티는 것 같으니까. 좋아하는 마음 하나로 벼랑을 밀고 밀어 나의 방을 이루었다. 쓰는 사람이 되어 책상 앞에 서는 일은, 내게 언제나 〈돌아오는 일〉이 되었다.

금요일 밤의 방 안에서는 나의 피로도를 여실히 느낄 수 있는 시간이 흐른다. 나의 원고 대부분은 금요일로 시작해 일요일로 끝이 나는 주말 속에서 태어났다고 생각하니, 어쩐지 벼랑이 대신 받아 적어 준 말들 같기도 하다. 금요일의 절박함이, 토요일의 애잔함이, 일요일의 아쉬움이 함께 베껴 쓴 나의 자화상인 셈이다. 대신에 평일에는 한 줄의 글도 쓰지 않는다. 꾹 참았다가 울음을 터트리는 사람이 된다. 울면서 몸과 마음의 껍질을 벗겨 내는 것은 어릴 때나 지금이

나 마찬가지다.

우효의 「금요일」이라는 노래를 들으면서, 금요일 저녁 쓰는 사람의 신호탄을 쏘아 올린다. 말끔하게 정리된 책상이라면 좋겠지만, 평일의 귀찮음이, 미뤄 둔 수고로움이 의자에 걸쳐 둔 외투나 아무렇게나 펼쳐져 있는 온갖 종이, 쌓여 있는 책들을 만나면 책상을 치우는 것으로 겨우 금요일의 벼랑을 지난다. 이 풍경에 필요한 것은 내가 앉아 있을 만한 구석. 풍경에서 구석은 발뒤꿈치같이, 풍경을 세워 두지만 보이지 않는 중요한 부분이기도 하다. 그런 것을 발견하고 말해야 하는 것이 나는 문학이라고 생각한다.

그래서 금요일의 방을 사랑하고 싶다. 자연 그대로의 모습처럼, 어딘가 너저분하고 정돈되지 않는 생태계를 있는 그대로 보는 일로부터 출발해 집중하기에 좋은 깔끔하고 정돈된 책상으로 만드는 일. 그리고 언젠가는 정말 바라던 일들을 하고 있다는 사실을 혼자서 자각하고 망각한다. 쓰기도 하고 지우기도 하며, 하겠다고 했다가 못하겠다고도 하는 번복을 자처하는 자리. 금요일의 자리. 나를 심판했다가 나를 너그러이 용서하기도 하는 자리. 양면 색종이처럼 꼭 달라붙어서는 서로 다른 색깔을 자아내야 하는 노동의 자리. 술과 유흥으로 보내는 불타는 금요일이 아니라, 내 장

작을 태워 모닥불을 피우는 금요일. 금요일의 방은 유독 어둡고 칙칙하지만 스탠드를 켜두고 금방 올 것처럼 컴퓨터까지 켜둔 채로 잠드는 자리. 나를 배차시키고, 시동을 거는 자리. 눈꺼풀을 있는 힘껏 들어 올렸다가 엎드린 채로 깜빡 잠드는 자리. 멸망하였다가 개평하였다가 혼자서 붉으락 푸르락하는 자리. 어제의 나와 화해하고 내일의 나와 약속한 채로 오늘의 나를 최대한 부대끼는 자리.

그렇게 겨우 쓴 시 한 편을 출력해 놓고 책상에 올려 둔 다음 늦게 잠든다. 출근 시간에 눈이 기가 막히게 떠지는 일을 마다하지 않고, 졸린 눈으로 책상 앞에 앉아 어제 쓴 시를 읽는다. 눈을 비비며, 하품을 참지 않으며, 잠옷 사이로 손을 넣어 몸을 긁으며 어제의 사투를 읽는다. 내가 시작되었구나. 금요일이 쓸만한 사람을 깨워 보내 주었구나. 내가 되어야지. 내가 해야지. 금요일의 의기가 남아 있는 방 안에서 모닥불을 지킨다. 주말이 지나면 꺼질 작고 초조한 불꽃을.

여름이 열고 비가 닫는

비가 오는 일을 작은 재난처럼 여기던 날도 있었다. 학교 다닐 때 비가 오면 그 사실이 선명하게 다가오기도 했다. 비가 오는데 우산이라도 가져가지 않은 날엔 하교를 알리는 종소리가 무겁게 들렸다. 저마다 소란함을 만들며 가져온 우산을 펼치고 집에 나서면 꼭 학교 중앙 현관에는 우산 없는 아이들이 모여 있었다. 누군가를 기다리다가 뒤늦게 마중 나온 이의 우산을 쓰고 돌아가는 아이도 있었다. 우산 살이 다 부러져 버린 것을 머리 위로 쓰고 가는 철부지도 있었다. 우산을 쓰고 집에 가는 친구 중 아는 얼굴은 없는지 열심히 두리번거렸다. 그 시간을 해찰하는 동안에는 무척 초조했을 것이다. 왜 그 시간이 상처처럼 남아 아직도 내 마음에 종종 비를 내리게 하는지는 여전히 생각 중이다.

여행 중에 만난 스콜 때문에 계획했던 것이 모두 물거품이 되는 순간도 있었다. 비에 고립되어 뜻밖의 시간을 만나기도 했지만, 계획한 것을 지키지 못할 때 느끼는 실패감이 내게는 커다란 웅덩이라서, 얼룩처럼 남기도 했다. 언제부턴가 비를 무척 싫어하게 되면서 실시간으로 일기 예보를 확인하는 습관이 생겼다. 내가 자주 도착하는 곳마다 내가 두고 간 내 몫의 우산이 늘 놓여 있었다. 이 작은 재난 앞에서 늘 당할 수밖에 없다는 사실을 인정하기로 마음먹었지만, 막상 예고 없이 내린 비에 젖거나, 비로 인해 성가신 일들이 생기면 어김없이 비를 미워하는 마음으로 그 시간을 지나기도 했다.

어떤 것을 좋아한다는 것은, 그 좋아하는 마음을 구체적으로 세공하여 더 많은 풍경을 간직하는 일이다. 반대로 어떤 것을 좋아하지 않는다는 것은, 그 부연한 마음 자체를 안개처럼 느끼며 사는 일일지도. 여름을 무척 좋아하는 나는 여름을 기다려 온 마음을 여러 풍경에서 화답받을 때가 좋다. 바닷가의 출렁임 속에서 의연한 튜브, 시원한 라무네 병에 맺힌 물방울, 목이 늘어난 흰 반소매 티셔츠와 옆구리에 안고 있는 수박의 줄무늬, 찬물로 샤워하기, 물이 많이 든 과일들과 그것을 베어 물 때 흐르는 손목의 다디단 물줄기, 늦게 찾아오는 저녁의 어둠과 공원의 풀 냄새, 가로등을 곁에 두고 치는 심야의 배드민턴, 곱게 간 얼음 위로 팥을 얹은 빙수, 매미 울음소리에 찢어지는 지평선과 녹음으로 무성해진 수풀……. 주문처럼 외우고 있는 이 여름의 기억은, 내가 여름을 변호하기 위해서 자주 하게 되는 이야기 중 하나다.

문득 한 친구가 비 오는 날에 대한 좋은 기억은 없느냐고 물었다. 여름을 손꼽을 때 장마나 비가 잔뜩 들어 있는 구름에 대해서도 이야기할 수 있을 텐데, 온통 비가 없는 맑은 날의 여름뿐이라는 것을 일러 준 뒤로부터 비에 대한 생각으로 사로잡혀 있었다. 비가 와서 좋은 일이 내게 일어나지 않았다는 것이 의아했는데, 친구는 다짜고짜 비를 변호하기 시작했다.

「비가 오면 꼭 안전 모드 속에 들어 있는 것 같잖아. 비가 잠깐 모든 것을 멈추게 하니까. 컴퓨터의 안전 모드처럼, 물속을 유영하는 듯 느려지는 마우스와 자판 입력 속도처럼 사람들도 느리게 복원 지점을 찾는 것 같지 않아? 사람들이 어디선가 우산 때문에 걷는 일을 뒤척이거나 실내에 머물고 하염없이 비 그치기를 기다릴 때, 비가 사람들을 그렇게 멈춰 세울 수 있다는 게 신기해.」

비에 대한 친구의 변호를 들을 때 내리는 비에 의연한 그의 얼굴을 보며 아로새겨져 있던 비의 기억 하나를 떠올릴 수 있었다. 엄마와 처음으로 단둘이서 여행을 갔던 후쿠오카의 어느 여름날, 비가 갑자기 쏟아져 한 잡화점에서 비가 멈추기를 기다리고 있었다. 여행 중 비가 내린 것에 불만스러웠던 나를 뒤로하고, 엄마는 그곳에서 파는 장우산을 열심히 구경하고 있었다. 보랏빛 바탕에 꽃들이 수놓아져 있는 화려한 우산이었다. 우산살이 매우 정교하고, 펼치고 접는 모양새도 견고해서 엄마는 그것을 사고 싶어 했다. 그때 나는 장우산이 비행기 반입이 가능한지, 수하물로 부치면 부서지거나 성가신 짐이 되진 않을지 걱정이 되었지만 당장 우산이 필요하니 그것을 사기로 했다. 거짓말처럼 애지중지하며 우산을 들고 다니던 모든 여행 날에는 한 방울의 비도 내리지 않았다. 다행히도 기내에 반입이 되어 무사히 가지고 돌아올 수 있었다. 그것도 벌써 8년 전의 이야기다. 지난 5월에 어버이날을 맞이해 고향인 전주 집에 내려갔을 때 비가 잔뜩 내렸다. 비가 많이 들어 있는 구름을 유추했음에도 우산을 챙겨 오지 않은 것은 집에 온다는 안도감 때문이었을까. 집에는 모든 게 다 있다고 믿는 것. 서울에서 악착같이 챙기던 우산 없이 맨몸으로 왔다가 비에 젖었다. 엄마의 차 트렁크에서 우산을 꺼내려는데 8년 전 후쿠오카에서 샀던 우산이 곱게 접혀 있었다. 어떤 시간이 고스란히 남겨져 있다는 게, 흐트러짐 없이 멀쩡하다는 게 신기하여 여러 우산 중에 그것을 골랐다. 엄마와 함께 그 우산을 쓰고 집에 돌아오는 짧은 시간에 우리의 양어깨는 다 젖었지만, 지난 시간의 보호를 받는 기분이 들었다. 친구가 말했던 비가 건네는 안전 모드라는 게 이런 것이었을까?

사람마다 지닌 강수량의 눈금이 알고 싶어서 시를 쓰고 있는지도 모르겠다. 어떤 사람은 삶을 지속하는 동안 자신이 지는 슬픔을 몽땅 쏟아 내기도 하고, 어떤 사람은 끊임없이 갈증을 느끼기도 한다. 자신이 가장 좋아하는 것을 수호하고 변호하며, 해갈할 수 있을 만큼 비의 얼굴로 누군가를 불쑥 찾아가는 일이 문학이라고 여기고 있는지도 모르겠다.

그것이 때때로 비 소식 속에 기대하지 않던 마중을 만나는 일이기도 하고, 애지중지 여기는 우산 한 자루를 지니게 되며 비를 기다리게 되는 일이기도 할 것이다. 모든 것을 잠깐 멈추고, 비가 나를 고립시킨 것이 아니라 비가 나에게 할 일을 준 것처럼 느껴질 땐 어떤 배웅을 받는 듯하다. 여름을 사랑하지만 비에 대한 좋은 기억이 없는 것이 약점처럼 느껴지던 시절도 있었다. 여전히 비를 좋아한다고 말할 수는 없어도, 이제야 비의 얼굴을 들여다볼 수 있게 되었다.

비가 그치면 마치 처음 시를 써보는 사람처럼 모든 것을 다 잊고 첫 문장을 서툴게 쓰기 시작한다. 각자의 강수량을 돌보며 살아간다는 것, 각자 변호하고 싶은 날씨나 계절이 있다는 것, 그리고 서로가 서로에게 조금씩 물들며 함께 좋아하거나 함께 지날 수 있는 비 소식이 많이 남아 있다는 것, 여름이 열고 비가 닫는 방 안에서 나는 말라 가는 것들을 적시며 쓴다.

앤 보이어와 메이 사튼의 방을 생각함

그들의 방에 초대된 것은 순전히 독서에 몰입했다는 증거이기도 하겠지만, 두 여성 작가의 산문을 통해서 내가 갖게 된 방도 있다는 일종의 은유이겠다. 앤 보이어는 자신의 육체에 침투하게 된 암에 대해, 그리고 그 사투를 벌이는 병실에 대해 이야기한다. 메이 사튼은 노후에 넬슨이라는 도시로 이사가 새로운 터전을 맞이한 곳에서의 방 안에 있다. 각자 서로 다른 양상으로 찾아든 삶의 중대한 변화 속에서, 이들은 고통과 고독에 방을 내준다. 내면까지 드리우는 육체의 고통과 주변으로부터 뻗어 있는 송곳 같은 풍경, 그리고 스스로가 자신의 간병인이 되는 방 안에서의 풍경을 그린다. 그리고 그 시간을 흘려보내며 함께 끌려 나오는 복잡하게 얽혀 전혀 알아볼 수 없었던 삶의 밑바닥에 깔린 진실과 무수한 형체들을 발굴한다. 자신에게 주어진 고통을 부지런히 품으며, 풍경의 구석까지 읽어 내는 첨예한 시선을 기르는 그 방을, 나도 다녀온 셈이다.

나는 요즘 고통이 수반된 생활에 관해 종종 생각한다. 마치 치우지 못해 들어가 보지 못하는 방 하나를 갖고 있는 사람처럼. 수행과 동시에 통증이 느껴지는 생활이 하나의 육체로 인식된 지 오래되었다. 고통이라는 목발을 짚고, 생활을 엉성하게 걸어 나가는 나의 모습을 두리번거리며 돌아본다. 병아리 감별사처럼 고통과 생활을 완벽하게 구분해 다룰 수 있는 사람이 되고 싶다고 허황한 꿈을 자주 꾸기도 한다. 하루에도 수십 번 〈지겹다〉라는 말을 하곤 하는데, 컨디션 난조를 보일 때마다, 엉망이 되어 가는 생활을 지켜볼 때마다 하는 대사에 가깝다. 어쩔 수 없음을 온전히 받아들이는 일이란 쉽지 않다. 나아지리라 스스로 생각하지만 자책하게 되며 무너진다. 또 방문을 닫는다.

죽기로 결심하는 게 아니라, 어떻게 살지 결심하는 일이 빈번할수록 나의 존재감은 더 없이 희미해져 갔다. 그래서 이토록 몸과 마음에 통점이 부어 있을 때면 누군가의 이야기가 도움이 된다. 그들의 생활로 도배된 방에 들어서는 일처럼 책을 펼쳐, 그곳의 이야기를 다녀오는 일은 내게 접질린 발목에 차가운 것을 갖다 대는 일과 같다. 조금은 차갑고 서서히 식어 갈 깊은 이야기가 필요했을 때 두 작가가 책으로 마련한 방에 다녀올 수 있게 되었다.

자기 육체에 찾아온 크나큰 고통을 파헤치며, 그것을 해결하기 위해 주도면밀하게 다가오는 의료 시스템과 그 안에 깊게 드리우는 그림자들, 그리고 저변의 여러 문제를 이야기하는 책은 『언다잉』이다. 한적하고 고요한 저택을 구해 싱크대며 가구며 새롭게 들이지만, 어쩐지 유령들과 동거하고 있다는 생각을 지울 수 없는 고독한 자신을 마주하는 책은 『꿈을 깊게 심고』다. 두 책은 모두 자신이 머물러 있는 공간에서 영혼에 깔려 있던 어둠을 정확히 보려고 노력한다는 공통점이 있다. 작가가 서로 다른 시대와 환경 속에서, 문학이 아닌 삶의 온전한 죽음을 향해 천천히 걸어가고 있다는 생각을 지울 수 없었는데, 그 두 그림자가 도착하게 될 끝은 죽음이 아니라 자신을 온전히 받아들이는 일이었고, 그것이 곧 회복의 실마리가 된다. 그 과정이 내게 큰 영향을 주었다. 다친 적 없이 아프게 된 사람들을 생각하며 이 글을 쓰고 있는데, 아픔을 씻은 듯이 잊는 회복이 아니라, 통증을 온전히 끌어안고 육체와 정신을 동시에 지닌다는 것에 대한 새로운 정의를 내리는 의미로 환원하는 데 쓰고 있다는 접점은 우리 안에서 유실된 무언가를 다시 결속하는 데 큰 접착력이 되리라 믿고 있다. 두 책의 커다란 공간적 배경으로는 〈파빌리온〉과 〈넬슨〉이 있다. 〈돈과 신비화가 기본 방위가 된 암 파빌리온〉에서 『언다잉』의 저자 앤 보이어는 유방암 치료를 받는다. 한때 사랑을 나누던 침대가 죽어 가는 과정에 놓이는, 비극적인 가구였음을 받아들이게 되는 공간이며, 동시에 〈우리가 삶이라 부르는 것을 제외한 모든 것에 인접해〉 있는 기구한 곳이기도 하다. 넬슨은 미국 뉴잉글랜드에 있는 한적하고 작은 마을이다. 시인은 이곳으로 터전을 옮겨 와 깨달은 바로 〈시보다는 소설 같은 곳〉이란 감상을 남긴다. 〈복잡하고 결코 완결되었다고 말할 수 없고, 시간이 오래 걸리는 작업이며, 서로 연관된 수많은 테마들 간에 균형을 맞추어야 하는 그런 곳〉이라고 이야기한다. 두 작가가 각자의 공간에서 마주한 풍경은, 소스라치게 서늘하면서도 그곳에 자욱한 풍경들을 아파해야만 하는 곳이다. 그러면서도 너무 평범하기 그지없으며 이따금 살아

냄과 죽음을 동시에 목격하는 곳이다. 그럼에도 이들은 살아 낸다. 살아 내기 위해 자신의 고통이나 고독과 성실히 우정을 나누기도 한다. 그 따뜻하고도 뜨거운 소외가 창문 너머의 전혀 다른 세상처럼 펼쳐져 있는 풍경을 따갑게 관찰하게 만들기도 한다. 우리는 이 두 책을 통해 전혀 다른, 커다란 창을 열고 닫을 수 있게 된다.

나는 한때 〈받아들여야 한다〉라는 말을 누군가에게 자주 건네곤 했다. 할 말이 그것밖에 없다는 듯 나 스스로에게도 그 말을 자주 반복했다. 받아들인다는 것에는 상황을 인지하고, 인지하는 과정이 동반되어야 하지만 그것은 결과를 승복하는 스포츠처럼 그리 단순하지 않다. 그 결과값을 객관적으로 심판할 수 없으며, 대부분의 상황은 여러 회로와 얽혀 있기 때문이다. 작가들 역시 책 속에서 하루아침에 이런 문장을 결심한 것이 아닐 테다. 이 깨달음에는 무수히 많은 상처가 축적되어 있다. 축축하게 젖어 덧난 상처가 아니라 꽝꽝 얼어 깨지지 않을 것 같은 흉터의 형상으로 우리에게 나타난다. 자신의 암에게 삿대질을 하며 잘못 걸린 것이라고 말할 수 있는 태도는, 자신을 부정하는 일이 끝난 뒤에 찾아온 받아들임의 첫 번째 발작 같다. 고독 자체를 결코 정적이거나 절망으로 여기지 않는 작가에게도, 고독이란 오히려 자신의 유령 정원에 흩뿌려 줄 어둠이 많아 기쁘다고 말하는 것 같다. 이것은 단순히 부정적인 상태를 긍정적인 메시지로 탈바꿈하는 속임수가 아니다. 가령 이런 문장은 받아들임 이후에 새롭게 할 수 있는 것들의 이야기처럼 느껴진다. 〈죽지 않고 있으니 온 세상이 가능성으로 충만하다. 아무것도 소외시키지 않는 책을, 사라진 모든 것이 제 본 모습의 그림자로 나타나는 죽지 않는 문학 작품이나 모든 것이 결과로만 제시되는 문학 작품을 쓸 수 있을 것만 같다.〉 앤 보이어는 이 책을 통해 살아 있음을 증명하기 위한 분투의 기록을 적어 내려간다. 죽지 않는 동안에 살아 있음을 실감하면서, 자신을 소진하는 행위를 완성한다. 메이 사튼은 〈한동안 완전한 정지 상태라고 생각했던 것이 실은 정반대의 경우, 즉 자기 혁신을 위한 기회였다는 사실을 확인하게 되기도 하여, 소위 새로운 삶에 몰입하기보다는 내가 이미 가지고 있는 것을 소화할 수 있는 시간과 기회를 가지는 것이 더 낫다는 사실을 깨닫기도 했다〉라고 고백한다. 이들의 깨달음을 빌려 생각해 보건대, 삶을 살아가면서 새로움을 획득하는 일은, 표지가 전혀 다른 새로운 노트를 사서 첫 장을 펼치는 일이 아니라, 이미 펼쳐져 있는 노트 안에서 새로운 이야기를 시작할 수 있는 안간힘의 여백을 찾는 일이라는 생각. 두 작가는 이미 결정된 것들에 대한 감시와 재정의를 통해 새로운 국면을 만드는 방식을 공유한다. 고통이 언어를 파괴하는 것이 아니라, 변화시킨다고 믿었던 앤 보이어처럼, 메이 사튼도 혼자 격리되어 있었기에 모든 것이 새로운 형태의 틀로 짜이고 새로운 깊이의 경험으로 다가왔다는 사실을 이 책에 담긴 이야기로 들려준다.

우리는 재난 속에 있다. 재난 상황 속에서 발터 베냐민이 이야기했던 〈재정체화〉라는 개념을 떠올린다. 정체성은 쓰다 버릴 수 있어야 한다는 그 개념은, 재난이라는 공통적인 고통의 형국 속에서 우리에게 개별적으로 남겨지는 아픔을 상기시킨다. 그 개별적인 것은, 한 인간이 꾸려 온 삶과 깊게 연결되어 있다. 우리는 위험을 느끼면서 깊게 파묻어 있던 환경, 체제, 주변을 꺼내 오며 문제가 있었음을 깨닫는다. 현실은, 우리의 정체성을 되묻는 작업을 수행하게 한다. 인간은 거기에 대해 응답할 필요가 있다. 아주 사소한 변화로부터 그동안의 정체성을 수정하고 교열하면서, 자기 갱신을 통해 재난이 건네준 개별적인 고통으로부터, 멀게는 커다란 재난 상황을 극복할 수 있어야 한다. 이 두 책은 그

극복에 대한 치열한 안간힘으로 적혀 있다. 자신을 연료로 쓰며, 자신을 소진하는 것을 두려워하지 않는다. 이 책은 서로 다르게 펼쳐졌지만 한 통로를 같이 빠져나오는 연결성을 지니고 있다. 그 연결됨을 통해 내가 목발을 짚고 서툴게 걷고 있던 고통을 수반한 생활을 다뤄볼 수 있게 되었다. 정체되어 있던 것들을 남김없이 태운다면, 무언가를 다시 짓기 전에 적어도 얼마간은 신나게 뛰어놀 수도 있을 것이다. 그 기쁨이 이 방 안에도 있다.

에필로그
노크도 없이

다정 작가와의 인연은 참으로 깊다. 나는 그의 첫 책과 두 번째 책을 연달아 편집한 편집자이니까. 세 번째 책에서는 이렇게 사이좋게 각자의 여백을 채우는 사이가 되었다. 책으로 맺어진 인연 중 이만큼 깊을 수도 있을까? 다정 작가와 친해졌다는 생각이 들어, 그런 우연과 필연에 대해 두서없이 우정 낙서처럼 말해 보기도 하였다. 서로 끄덕이며 동의했던 순간에는 말하지 않아도 알아주었던 돌아봄의 시간들이 있었을 것이다. 다정 작가의 글을 읽으면 꼭 나를 다녀온 것만 같을 때가 많았다. 닮은 것이 너무나도 많아서 서로를 알아볼 필요도 없이, 이미 나누어 가진 것이 충분하다고 느끼기도 했지만 또 그만큼 다른 것이 많아 서로를 짐작하는 일로 우정을 나누었다고 할 수 있다.

우리가 방에 대해 쓰기로 결심했을 땐 서로의 방에 대한 어렴풋한 인상이 있었다. 내가 블로그 같은 곳에 쓰는 방에 관한 이야기들이 그에게 그랬을 것이고, 내가 책을 편집하며 홀로 그려 본 그의 방이 그랬을 것이다. 노크도 없이 불쑥 들어와, 한여름의 방바닥에 베개도 없이 누워 시간을 온몸으로 뒤척이는 다정을 상상하는 것이다. 이상하게도 가본 적 없이 어떤 공간을 다녀왔다고 느껴지는 순간이 있었다. 여러 방을 거쳐 지금은 창밖으로 감나무가 도란도란 보이는 풍경을 보는 방, 아래층 미용실의 파마 약 냄새가 올라와 골치 아프지만 이웃들의 뒤척임을 머리맡에서 그려 보는 방. 힘을 내어 밥을 지어 먹고, 아무것도 하고 싶지 않아 홀로 누워 어둠 속에서 유튜브를 열심히 시청하는 방. 다정 작가는 그런 시간을 보내고 나서 내게 안부를 들려주곤 했다. 그런 이야기가 이상하게도 위안이 되곤 했다.

이 책에 적혀 있는 수많은 방은, 이제는 없거나 가볼 수 없는 방도 있고 지금의 삶을 개척해 나가는 현장이기도 하다. 가본 적 없이 문 앞에 서 있어 보는 망설임도 있고, 노크도 없이 불쑥 찾아가 손님이 되어 보는 방이기도 하다. 누구에게나 방이 있을 거라고 생각하지 않았다. 이 책이 열어 주는 방들이 마음의 허물 곳 없는, 기댈 곳 없는 사람에게도 방이 되었으면 하는 바람이었다. 다정과 나는 각자의 방문을 열고 뚜벅뚜벅 걸어와 서로의 방문 앞에서 가장 좋아하는 이야기를 들려준다. 우리는 어떤 복도를 함께 걷고 있고, 어떤 방들은 무심히 지나치기도 했으며, 또 어떤 방에서는 함께 책을 지었다. 남아 있는 방들은 모두 깨끗한 방. 시간을 쓰기에 좋은 방들이고 나는 그 방들에 대한 기대감을 가지고 있다. 이 책을 읽는 사람들도 이다음에 찾아가게 될 방에서 환영을 받았으면 좋겠다. 잘 개켜져 있는 이불과 단정하게 닫힌 창문을 통해서. 애써 방문을 잠그지 않아도 고요를 누비고, 창문을 활짝 열고 방이라는 공간이 세계와 연결되어 있다는 것을 믿어 주었으면 좋겠다.

우리는 이 책을 덮고, 다시 각자의 방에 돌아가 만주어 벌판을 뛰놀고, 시의 세계를 거닐며 각자의 둘레를 지킬 것이다. 지키고 돌아와 각자의 풍경에서 무엇을 보았는지, 무엇을 만났었는지 떠들어 볼 것이다. 그때에도 서로의 방을 떠올리며. 우정에는 시작이 없다. 방에는 끝이 없고, 불쑥 살아가게 된 어떤 날들의 증명을 이렇게나마 남기게 되었다. 이 이야기가 방에서 고군분투하는, 방으로 돌아가려는, 문을 꼭 잠근 사람들에게 좋은 스탠드 불빛이었으면 한다. 오늘은 불을 끄지 않고 잠들어도 괜찮다고 말해 주고 싶다.

2025년 5월

서윤후

우리 같은 방

발행일 2025년 5월 20일 초판 1쇄

지은이 서윤후, 최다정
발행인 홍예빈
발행처 주식회사 열린책들

경기도 파주시 문발로 253 파주출판도시
전화 031-955-4000 팩스 031-955-4004
홈페이지 www.openbooks.co.kr 이메일 literature@openbooks.co.kr

ISBN 978-89-329-2517-2 04810
ISBN 978-89-329-2494-6 (세트)